文学之都·青柠檬丛书

第七届"青春文学奖"中短篇小说
获奖作品集

雪又下了一整天

《青春》杂志社　编

南京出版传媒集团
南京出版社

图书在版编目（CIP）数据

雪又下了一整天：第七届"青春文学奖"中短篇小说获奖作品集/《青春》杂志社编 . -- 南京：南京出版社，2022.9

（文学之都·青柠檬丛书）

ISBN 978-7-5533-3679-4

Ⅰ.①雪… Ⅱ.①青… Ⅲ.①中篇小说—小说集—中国—当代②短篇小说—小说集—中国—当代 Ⅳ.①I247.7

中国版本图书馆 CIP 数据核字（2022）第 067736 号

丛 书 名	文学之都·青柠檬丛书
书 名	雪又下了一整天——第七届"青春文学奖"中短篇小说获奖作品集
编 者	《青春》杂志社
出版发行	南京出版传媒集团 南 京 出 版 社

社址：南京市太平门街53号　　　　邮编：210016

网址：http://www.njcbs.cn　　　　电子信箱：njcbs1988@163.com

联系电话：025-83283893、83283864（营销）　025-83112257（编务）

出 版 人	项晓宁
出 品 人	卢海鸣
责任编辑	孙海彦
特约编辑	陆　萱
插　　画	赵海玥
版式设计	石　慧
责任印制	杨福彬

排　　版	南京新华丰制版有限公司
印　　刷	南京爱德印刷有限公司
开　　本	880毫米×1230毫米　1/32
印　　张	5
字　　数	99千
版　　次	2022年9月第1版
印　　次	2022年9月第1次印刷
书　　号	ISBN 978-7-5533-3679-4
定　　价	52.00元

用微信或京东
APP扫码购书

用淘宝APP
扫码购书

青春、大学、南京与文学之都

——《文学之都·青柠檬丛书》第二辑序

汪　政

　　《文学之都·青柠檬丛书》的第二辑就要出版了，它们由《青春》杂志社主办的第七届"青春文学奖"获奖作品组成，共有长篇小说四部，中短篇小说五部。

　　任何文学奖都有一个成长与调整的过程，现在"青春文学奖"的立场与主张已经非常鲜明了。它是一个原创文学奖；它的参评目标人群是全球在校大学生，包括硕士研究生和博士研究生；它的参赛作品语种为华语，体裁涵盖长篇小说、中短篇小说、散文和诗歌。它不仅是《青春》杂志社一家主办，同时与专业文学团体和十几所高校结成联盟，形成了一个力量强大、旨在发现新人新作的文学共同体。显然，这是一个有着自觉的文学意识的文学奖项。我曾经多次说过，虽然现在的文学奖已经很多了，但是，相比起丰富多样的文学世界，比起不可尽数的文学主张，我们的文学奖还是太少了。文学奖是一种独特的文学评论形式、文学经典化方式与文学动员路径，每一个文学主体都可以通过评奖宣示和传播自己的文学理想，聚拢追随自己的文学力量，推出最能体现自己文学主张的优秀作品，进而与其他文学主体一起组成万马奔腾、百舸争流、生机勃勃、和而不同的文学生态。所以，我们固然需要权威的、海纳百川的、兼容不同文学力量与文学主张的巨型文学奖，但更需要有着自己鲜明个性的文学奖。从这个意义上说，衡量一个文学奖是否成熟就看其是否具有自己的明确定位。就以"青春文学奖"来说，从二十世纪八十年代走到今天，中间经过数次变化调整，直至上一届，也就是第六届，才完成了这样的从目标人群到文学理想的评奖体系。如果对这一过程进行梳理和研究，未必不能看出中国新时期文学发展的流变，未必不能反映出中国文学越来越自觉的前进道路。它是中国文化走向高质量发展、中国文学制度走向现代化的典型体现。

从现当代文学史的发展来看，将新的文学生产力的生产定向在在校大学生有着文学人口变化的依据。五四新文化运动几乎是与中国现代大学制度的建设和改革同步的，高校知识分子群体是五四新文化运动的中坚，也是中国新文学的骨干。在鲁迅、胡适、陈独秀等大学教授的引领下，不仅中国新文学创作取得了实绩，确立了地位，更是培养了一批在校的青年学生文学英才。北京、上海、南京、广州、天津、重庆、武汉、成都、兰州、昆明等地都曾是中国现代大学相对集中的地方，同时也成为中国新文学的聚集地，大学的文学社团以及文学"发烧友"

是那时大学不可缺少的文化风景。后来成为共和国文学核心的人物大都是从那时的大学走出来的。这一文学人口现象在新时期文学中几乎得到了原本再现。曾经引领新时期文学风骚的卢新华、陈建功、张承志、韩少功、徐乃建、范小青、黄蓓佳、张蔓玲、王小妮、王家新等作家、诗人开始创作时都是在校大学生，而且，这些大学生作家的创作并非个别现象，像北大学生作家群、复旦学生作家群、华师大学生作家群、南大学生作家群、南师院学生作家群等到现在还没有得到系统梳理，他们对中国新时期文学的贡献和影响确实有待深入研究。

文学与其他艺术形式不一样，文学是以语言的方式表现生活，表达人对自然、自我与社会的情感与思考，从这个意义上说，写作者人文素养的高低直接决定了作品的质量。因此，从理论上说，在现代社会，只要有可能，一个写作者的学历与其创作的正相关性极大。所以，现代大学形成了在校文学写作的课程体系，创意写作已经成为一个传统的专业，而著名作家驻校写作兼职教育则是普遍的现象，至于大学能否培养作家自然也就成为一个无须争论的问题。这几年，中国许多高校都建立了创意写作专业，并已经进入研究生学历教育序列。而且，从欧美的传统看，写作越来越被看成是一个人的核心素养，所以，写作绝不是文科生的事，更不是文学专业的专属，"在各学科内培养写作能力"不仅是一种学习主张，而且已经是一种成熟的跨学科的教育实践。所以，《青春》联合中国著名高校针对在校大学生，以文学奖的方式激励和推动新生文学力量的成长是一个既合乎历史又合乎学理的选择。

在大学学习时写作与具有大学学历的写作又有差别，这是环境与人生阶段决定的。在大学学习时的写作起码有三个特点：一是作为写作者的青春属性与未完成性。在校大学生还是典型的青年人，同是又是青春的成熟期。这时的青春既是未定型的，又是"三观"走向稳定、个体趋于自信而又充满进取与探索的时期，写作者大都满怀理想，不愿墨守成规，这也是五四新文化运动与改革开放时期大学生文学带有明显的叛逆与探索的原因。第二，大学是一个学习场所，大学生再怎么自信，再怎么"目中无人"，他的学习者的身份是其明确的社会属性与阶段性生命规定，再加上学习制度的约束，所以，一方面大学生虽然不愿意为既有的文学所牵制，但另一方面，他们又或被动或主动地学习文学，这样的学习让他们能够较为系统地熟悉文学传统，掌握文学理论，成为自觉的写作者。第三，大学又是一个知识生产地，是进行科学研究的场所，是学术相对集中的地方。在这样的环境中，大学生的写作就自然地带有研究的味道，带有学术的倾向，他们许多的写作甚至带有试错的性质。

不管是从写作者的角度，还是从作品的角度，上述特征在《文学之都·青柠檬丛书》第二辑中都体现得非常明显。入选的作者从本科生到博士生，既有创意写作专业的，更多的则来自文科、理科、工科和艺术学科等各专业，确实体现了大学生参与写作的广谱性。而从作品上看，与相对成熟的专业或职业写作不太一样，他们的作品还不太成熟，即使将获奖作品与这些作者已有的作品联系起来看，还都说不上已经形成了自己的风格。一些作品的完成度还不够，后期修改加工的空间还很大。特别是，这些作品与现实社会的紧密度不够，写作者们对社会人生的思考还显得稚嫩，甚至有书生气、概念化的现象。但是，这又有什么要紧呢？如果一切已经定型，一切都已成熟，写作者们也都人情练达、世事洞明，那就不是他们，不是大学生了。一切都已完成，还有什么期待与希望？

　　可贵的是这些作品都是学习之作，像《光晕》《虫之岛》《长安万年》《青女》等作品都有着传统经典的影子，是向传统致敬的作品。《光晕》以科幻作为载体，对社会科层、人性进行了独到的思考。《虫之岛》是"孤岛"母题叙事类作品，以文明人来到孤绝空间的行为遭遇，思考文明的演化，探寻人的本性的多样性及其限度。《长安万年》是一篇历史小说，是一篇不仅从故事而且从文本风格上都试图回到历史的作品。《青女》有着浓重的中国乡土文学边地叙事的影子，不管是从题材还是从艺术风格上，都有着沈从文的笔调。作品写得从容、优雅，试图在复杂的人物关系与曲折隐晦的故事中寻觅社会、文化与人性的秘密。这些作品又是他们的科研之作。他们不满足于简单的学习，更不是重复式地模仿，而是试图研究传统经典在当代文学话语中的再生性，试图通过经典表达出作者新的人生思考以及在小说艺术上新的尝试。即以《长安万年》来说，作品对原型故事的借鉴，对历史风俗的描写，对古代探案桥段的运用以及博物书写，特别是注释文的加入所形成的多文本形式，并由此产生的互文衍义，使得作品变得丰富而有韵致。像这样的作品明显地有着"元书写"的研究性质。

作者们普遍表现出了探索的欲望，以及与社会写作自觉切割的创新努力。《隔云端》虽然是一部复杂的作品，却在控制上显露出令人惊讶的能力。这种控制不仅表现在对故事冲突的处理上，对多线索交叉，包括中断、接续、穿插的安排上，还表现在作为一部面貌写实的作品，在与社会相似度的距离把控上，从而使作品内容的呈现显现出了现象学的意味。《鬼才》的形式主义与探索性也具奇特之处，作品既是一部现实之作，又是一部历史主义的符号性作品。它通过对宋代历史人物与现代生活的重叠书写使作品获得了令人眩晕的恍惚，并在文本上具有了张力。它不是简单的穿越，而是以符的方式举重若轻地实现了作者的艺术实验，从而巧妙地卸去了现实书写对他的压力。《狸花猫》也有着相似的美学考虑。只不过作品所倚重的对象与叙事技巧不同罢了。这两部作品都有跨界融合的性质，虽然它们的界不同，融合后的形态也不同。在《鬼才》，这界是现实与历史，叙事的技巧在符号；而在《狸花猫》，这界在人与动物，而叙事策略在心理分析。与它们相比，《雪又下了一整天》和《弹弓河边有个候鸟驿站》体现了少有的年轻人直面现实的勇气。作品或叙述社会底层，或聚焦重大社会问题，都有一种罕见的力量与将故事复杂化甚至极致化的韧劲。两部作品不约而同地使用了复调叙事，不仅在情节上体现出多线索的交织，同时也使主题呈现出叠加。它们的题材与主题都说不上有多独特，但是，正因为如此，似乎激发了作者另辟蹊径的决心，要以作品的复杂性和描写的尖锐度同中求异，彰显其非同一般的决绝。

所有这些都值得肯定与赞赏。这样的气质不但是大学生写作的审美基因，也是当下文学所需要的清新气息。要特别说一句的是，对已经成为"文学之都"的南京而言，年轻、未来、个性、创意等更是弥足珍贵。我反复说过，南京"文学之都"的称号自然意味着这个城市辉煌的历史，但更是对这个城市现实与未来的期许。所以，"青春文学奖"的举办，大学生写作力量的勃发，年轻的文学气质的晕染，都将为"文学之都"南京增添新的光辉。

确实，大学，南京，文学之都，没有比它们的幻化更赏心悦目的了。

作者系江苏省作家协会副主席、江苏省文艺评论家协会主席。

目　录

雪又下了一整天

加主布哈

一

雪，若孤身前来，就有兽性，就会使用粗钝的角围攻村落。

而万物将在此时秘而不宣，一头母牛在大雪中与石破相遇，它的脊梁峻峭，刀削过似的，从肿胀的乳房可以看出，它不久前生过一头乳牛。

"哞——"

它在石破面前长叫了一声，叫声没有越过阿卜村，也没有得到另一个稚嫩的回应。石破不能帮它做点什么，即使他很想，顶多也只能把它赶进另一场大雪里。

石破来到村小，这里已经聚集了一帮无所事事的男人，烤火，打牌喝酒。没有人跟他打招呼，他们沉浸在游戏的无聊里，消遣这没用的时光。石破打开另一间教室，生了一堆火，阅读闲杂书籍。

"领导，我的阿果来信了。我不识字，你帮我念一下吧。"一个头戴黑色帕子的老人佝偻着出现在门口，她的头似乎已经沉到地上，手中的拐杖只有半米。石破是阿卜村目前唯一识汉字的大人，村里的人都叫他领导，这是一个外号。

"阿果是我那个嫁到朴火乡的小女儿，记得不？"她双手握住拐杖，撑住下巴，尽量抬起头望着石破，尽量让石破想起她的小女儿。

"记得，记得，您先快进来烤火。"其实他已经记不得了。石破半年前作为驻村干部被派到这里，村里那么多叫阿果的同名女子，他实在记不起来是哪个阿果。

老人还没坐下，就从腰间摸出来一封未拆的信，石破接过来，信封还有温度。

"这是她进去后第一次来信。"老人显得不知所措。石破招呼她坐下来。

"不是她的错，是那个男人，那真是个畜生，哎，我可怜的阿果。"她继续说道，褶皱的脸上爬满了复杂的情绪。

隔壁的人呼得很欢，寒风从山顶倾泻而来，仿佛要把这座屋子拔走。石破拆开信，好几张泛黄的纸密密麻麻地写满了，字写得工整有劲。

"那我给您念一下。"

"好，好。"老人像个小孩子一样凑过来。

石破一字一句念给她听。

二

妈妈，你们都好吗？

深冬了，想必阿卜村已经下雪了，这里不下雪，但很冷。

我坐在窗前给你写信，几只麻雀在枯枝上叽叽喳喳叫，挺像我，在这里无谓地写字。鸟有鸟的囚，人有人的牢，森林是鸟的囚，世间就是人的牢。鸟有鸟的罪，但似乎它们不需要悔过，我也有我的罪，我在自己的悔恨之河中不断打捞自己。

这里挺好的，生活规律，都是一样的人，犯过罪，剪着一样的发型，穿一样的衣服，吃一样的饭，唯一能区分我们的就是胸前的号。我的号是1846，这是一个冰冷的数字，也许总有一天，会被我焐热。这里除了狱警基本上就是犯人，就像在医院，除了病人，基本上是治病的人。我们也在治病，有些人还要治疗十年，有些人要在这里治一辈子，有些人还有几天就可以出去了。妈妈，我还有十七年，不知道您还能不能等我回来，希望您能。

我的一个姐妹还有九天就出狱了，从上个月开始她就一直不睡觉，她说睡不着，已经在这里生活了二十一年，不知道怎么面对外面的世界。

她是贩毒吸毒进来的。

五年前，她的男人来看过她，他已经有了另一个家，那个女人为他生了两个儿子。

"那我的女儿呢？"她隔着玻璃问。

"老大成家了，生了两个女儿。老二在念大学，是村里第一个女大学生，她谁的话也不听。老三……"

"老三怎么了？"她望着他，他的头发已经白了，才想起来，这个男人也已经五十六岁。

"老三，在你进来后第二年，溺水了。"他的脸上有一些愧疚的神色。

她无法接受，隔着玻璃发狂。

她的二女儿后来来探望过她一次。她说二女儿不像她，有想法，已经嫁人，定居成都了。

妈妈，至少我已经发现我不是最悲哀的那个人。

只是可怜了我的孩子。

妈妈，您有他们的消息吗？我进来的时候小妹还没有断奶。唉，我可怜的小妹。

三

念到这里，石破望了一眼老人。

她蹲坐在火堆边，双手一直扶着木杖，木杖已经高出她很多。火焰正旺，在她沟壑一般的脸上跳跃，起舞。她没有动，害怕错过一句话，一个字。

外面的寒风越来越野。隔壁仍然传来男人的吵闹声，声音也越来越大。

有孩子喊："雪下得更大了。"

老人嘟囔了一句："再厚的雪，也无法盖住事实。"

老人家，阿果为什么入狱啊？石破没有忙着翻到下一页信，而是好奇地问老人。

是那个不争气的男人逼她的，人面狼心的东西。除了喝酒惹事，就一无是处。老人边说边用手杖戳地板，差点戳到火堆，溅起星子。

"阿果把他杀了。"老人的眼眶湿润了，话语却掷地有声。

难道是她？石破似乎想起来什么，但是他没有说完，就被老人打断了，"就是她，我的阿果，可怜的孩子。"

石破想起来一年前在县法庭上的那个女子。她消瘦，鼻梁高挺，黝黑的肤色里那双明亮又空旷的眼睛令他难忘。当时石破才考到法院上班不久，领导让他旁听了那个案件，他记得非常清楚。

当时阿果斩钉截铁地回答法官："是我杀了我的丈夫。"

石破当时还为她着急，其实她只要咬定只打了一次，也不会被判那么重的刑。但是阿果自己一口认定是打了两次，就构成了故意杀人罪。

石破当时还在想什么样的仇恨才让一个女人狠心杀了自己的枕边人。

"领导，阿果还说了什么？"老人擦干了眼，问石破。

我出去拿点木柴，再给您念。石破看火堆快熄灭了，就走出去了。

已经是傍晚。天还没有黑下来。雪越下越大，仿佛天空和人间在下一盘大棋，天空持白棋把人间的地盘占满了。真有把一切掩盖的趋势。两个少年又驮又扶，正带一个醉汉在大雪里回家。

其中一个少年脾气比较暴躁，说直接把他扔在这里，让雪埋了算了。另一个责备他说这是咱老汉。醉汉的嘴里一直念叨，但是没有人回应他。

当他们走到沙玛寡妇的屋后，醉汉看见沙玛寡妇的屋顶冒出来烟，似乎变得更加兴奋，赖着不走，对着屋顶吹口哨。

他暴躁的儿子，直接给了他一脚，撒手就走了。另一个儿子拖不走他，只能用手捂住他嘴巴，不让他继续叫喊。

等大雪盖过他身体里的酒精，溶解了他的醉意，他就会回到自己屋子里，和他的婆娘大干一场。第二天，又出现在某个场合，找酒买醉。

四

妈妈，其实我想过死。

而且当时我是下定决心要跟他一起死。我也死过，但是没死成。也许祖先觉得我肮脏了，不肯收我。

那天我把他打死在床上，哄睡了几个孩子，穿上您给我缝的嫁衣，准备去跳斯拉河。

我不知道自己什么时候来到斯拉河边的，我坐在河边感觉自己想了很多，又发现自己什么也没有想明白。

当我闻到河边一具什么尸体的腐臭味，我才看到月亮从一座山冈那里爬上来了。那是我这辈子看过的最冷漠的月光。它一寸一寸地从斯拉河对岸游过来，它游过我，并向我身后的那个村庄游去，那时候我的孩子在那个村庄应该已经熟睡，我的男人也在那里"熟睡"。我想小妹会不会饿醒，甚至想过要不要再跑回去喂她最后一顿奶，可想想还是忍住了，我希望她也能忍住。

那时候是深秋，我把一只脚趟进斯拉河里，在河里看到自己，然后犹豫了，我想多看看自己。我的一只脚在冰冷的水里变得麻木，感觉斯拉河抽走了我的骨髓。然后我又闻到了河边一具什么尸体的腐臭味，这让我战栗。

于是，我收回麻木的脚，换了另一只脚进去。这样重复很多次，麻木了很多次。我又蹲坐在河边的一块石头上，这块石头一半在河里，我感觉这多像我，也是一半在河里，一半在地上，一半在怀疑自己，一半在打捞着另一半。

我终究还是没有勇气把自己交给斯拉河。

我觉得我不能像十八岁那年一样，把自己轻易交出去。

如果我深爱的男人总有一天会伤害我，那冰冷的河流又怎么让我死无面目呢？我不敢。

我在河边坐了很久，没有比那一晚更漫长的夜。我看着月亮游到我头顶，它把我照得跟它一样无情、冷漠。有那么一会儿我似乎听到小孩儿的哭声，于是我又回头望了望那个让我噩梦不断的村庄，我的孩子还在那里熟睡，我的男人，几天后他将在后面那个山梁上变成一缕烟，我本来也应该在他附近变成一缕烟。

但是不可能了。

我逆着斯拉河，继续走。我的鞋子里有水，每走一步，就吱吱地响。每走一步，我就离我的孩子越来越远。

有那么一刻，我想到回娘家，想再看看您，还有弟弟刚娶进门的媳妇，我还没见过她。但我知道不能。我回到娘家了，第二天就是两个家族血雨腥风的仗，那本来就是我阻止的事。

我走到一座铁索桥上，准备到对面去。扶着那冰冷的铁，我闻到自己的锈。

走到桥中间时，我准备跳下去，在那里徘徊了很久。听到对面的村子有一声狗叫，我就继续往那里走。

在斯拉河对岸，我最后一次回头。

我看着那个村庄，才突然想起我已经嫁到这里十八年了。

前十八年，我在阿卜村。后十八年，我在这个村。

后面的这十八年，我给他生了三儿两女。成婚的时候，我们住在牛圈边，现在我们已经有了自己的砖房。

现在，又什么都没有了。

想到这些的时候，我哭了。那天晚上，我第一次真正地号啕大哭。我的哭声被斯拉河带走了，我的眼泪也是。

　　然后，一只公鸡叫了，新的一天就来了。

　　我不知道我是怎么到派出所门口的，那时候人还没有上班。

　　我倚靠在派出所的大门上，对面的早餐店已经开张了。早起的几个人捧着热气腾腾的馒头、豆浆，消失在路的尽头。我有点可怜他们。可是我知道，如果他们知道我那晚的经历，他们应该也会可怜我，或者，加快脚步远离我，这个该死的杀人犯。

　　没有人注意到我，早餐店的老板娘倒是一直在打量我。我准备走过去买个热包子，虽然感觉不到饥饿，但是我还想再尝尝人间的滋味。

　　可是我摸不出一块钱，所以就没去。再想想这人间的滋味，又有什么滋味我没有尝过呢？

　　"我要投案。"我对来开门的老大爷说。

　　"孩子，你这大婚之日，有啥想不开的。是不是他打你了，没事的嘛，你回娘家去。你家族的父兄会为你做主的。"他漫不经心地开锁，推开大门。

　　"我杀了他。"我站起来对他说。"我不能回去连累我的父兄。"

　　他们把我的双手铐起来的时候，我心里什么想法也没有，无非就是换了一个镣铐。这个镣铐锁着我的手，那个镣铐锁着我的心。我知道我挣脱了心的镣铐，就不能摆脱手中的。

　　进去的时候，我看见对面围了很多人，他们中大多数人，也戴着镣铐。

五

老人泪眼婆娑，但没有哭出声来。那些眼泪，滴答滴答地凿在地上，仿佛要凿出一个无底洞，埋掉她所有的悲伤。

石破不知道怎么安慰老人，他心里也是五味杂陈，只好不停往火里加柴。

隔壁男人们的声音却越来越大，一阵一阵，噼里啪啦的，辱骂的声音，拍桌子的声音。又有人喝大了。这么大的雪，怎么也藏不起来这醉意。

"老人家，阿果十八岁就嫁给她的丈夫了，当时是你们父母包办的婚姻吗？"石破没有继续念，而是好奇地问了一下老人。

"他们是互相看对眼了。那男人经常来我家里帮忙干农活。一来二去，两人就好上了。阿果本来应该去读大学，但是他家坚持要结婚，所以就嫁过去了。"

那你们不阻止一下吗？

"有什么好阻止的呢，当时俩孩子那么相好，我们不忍心拆散。"她擦掉眼泪接着说："说实话，我们当时也挺看好乌来这孩子的，干活勤快，当过兵，也读过书，一表人才的。"

乌来就是阿果的丈夫吗？也是阿果的亲表哥？

"是的。都是命啊，可怜的孩子。"

"阿果的孩子现在怎么样了？"

"不知道，乌来的葬礼我们去了，但是被他家族的人赶了回来。从那以后，我们两家就算是世仇了。孩子自然归他家，我们没法见孩子们。而且，是他家族的人一直找人在告阿果，我的几个儿子也找了人。可法院还是判了阿果十八年。"

门外雪不停。石破隐隐约约听到有人在哭丧。隔壁的男人们似乎也顿时酒醒了，静了下来。

"沙玛寡妇上吊了。"

"为啥子？"

"那个酒疯子在她屋后撒酒疯，他儿子拉不动他，直接跑到寡妇家去撒野。"

众人在门口议论纷纷。雪下在每个人头顶上，白皑皑的，人间仿佛又老了许多。

不远处的斯拉河已经结冰，水只在暗地流向远方。

"领导，阿果还说什么了，她有没有说她的嫁妆银饰和存折藏在哪里了？"

好，我接着给您念。

六

我第二次尝试自杀是进看守所的第一晚。

在那个漆黑、狭小、封闭的空间里，我第一次感觉失去了自由。

那个空间让我想起我和他刚结婚时住的那个牛圈。但那时候我还很幸福。我们每天起早去地里，那时他还不会喝酒，可以把头埋在庄稼地里一整天。

我记得他第一次喝醉是我生大儿子依沙那天。我们杀了一头羊庆祝孩子的诞生，晚上他是被他兄弟拖进牛圈的。半夜的时候，依沙一直哭，把他吵醒了，他就抱着儿子说："小时候爱哭的孩子长大了才会有出息。"

可是依沙基本上黑白颠倒，白天怎么也不醒，夜里就整晚整晚地哭。慢慢地他不耐烦了，就去和他兄弟挤着睡。好几次喝了酒也会回牛圈。

二胎的时候，他已经经常在外面喝醉，好几次跟别人打架，有一次我们卖了一头牛赔医药费，才勉强把事压下去的。

那时候，他都不会打我。而且不管怎么醉，一到我和孩子身边就能稳住。

第一次动手打我那天是他喝醉了回来，我们没有留饭菜。您应该还记得，第二天我就带着孩子来娘家了，但是我不敢跟您说他打我。

后来他打上瘾了，酒也喝上瘾了。

但是我不会让他碰一下孩子。

自从前年我们一起到成都打工，他就开始变本加厉。

那天我们从成都回家，准备参加小弟的婚礼。在火车上遇到他的几个同乡，又喝起来了。还没到站他就已经醉得胡言乱语，而且当众把我打了。

回家后他继续打我，打累了，倒头就睡。看着他睡在那里，我动了杀心。

"你应该酒醒了吧。"这是我对他说的最后一句话，他没有回答我。所以我给他盖上了两层被子。

然后我抱起小妹边在房间里转，边给她喂奶。

我的脑子里一片空白，小妹吃着吃着就睡着了，我摇醒她让她继续吃奶，我希望她立刻就能吃完她这一生该吃的奶。她实在吃不下去了，我背着她，围着房子转了几圈，然后拿了几根木柴，在房间生了一堆火。

"妈妈，爸爸喝醉了又打你了吗？"依沙从房间里出来，在我旁边坐下来。这时候我才发现我的大儿子已经十五岁了，他已经比我还高。

"没有，他睡着了。"我把他的头揽过来，放在怀里，自从他会走路后，我就没有抱过他了。他的头发茂密，像他爸爸。

"他怎么不打呼噜了啊，以前他打呼噜老大声了。"他把头从我怀里支开，望着我，他的鹰钩鼻也像他爸爸。

"我们在成都把他打呼噜的毛病治好了，以后他再也不会打呼噜了。弟弟妹妹都睡了吗？"

"睡了。"

"那你也去睡吧。今天你把小妹抱过去跟你们睡，我怕你爸爸晚上又发酒疯。"

依沙抱着小妹去睡了。

我坐在火堆边，等火熄灭。我关好所有门窗，听见斯拉河哗哗地流，所以我准备去跳斯拉河。但是最终我还是没有把自己轻易交给斯拉河，我不会把自己像十八岁那年一样轻易托付给谁了。

所以在看守所那晚，我狠狠地把自己撞向墙壁，醒来的时候还是在那个漆黑、狭小、封闭的空间里。然后我突然觉得自由不重要了，什么都不重要了。

甚至有些时刻我觉得孩子也不重要了，那些时刻我觉得自己很可怕，那些时刻我才像个杀人犯。

其实没什么期盼地活着，也挺好的。现在我的生活像一条隧道，我知道总有一天我能从这漆黑中走出去，但是我真的不知道那第一束光会不会把我伤害。

我会想我的孩子，但是我知道我无法再面对他们，毕竟我杀了他们的父亲。

我最大的遗憾就是不能给您二老尽孝，还让你们如此为我担忧。

不过，这都是命，我认了。

我不会再自杀了，也不会想不开，我会在这里好好活着。再怎么说我也要留着最后一口气，回家。

好了，妈妈，天又要黑了。希望您能给我缝一件披毡，等我回来的时候穿。

不要为我担心，你们保重。

你们的不孝女，阿果。

七

唉——

石破长长地叹了一口气，这口气飘出了门缝，但是在屋檐下结成一根晶莹透亮的冰凌，倒挂着，像一个悲剧倒挂着。

但是雪还没有停下来的意思，这场雪真要埋了人间所有春天吗，石破感叹了一句。

"阿果有没有说她的嫁妆和存折藏在哪里了？"老人撑着手杖站起来问。

没有，她没有说，她想让您给她缝一件披毡，她回来的时候穿。石破把信装好了还给她。

老人没有说话，把信收进兜里，走出门。

石破看着老人在雪地里一步一步地走，她每走几步，她身后的脚印就会被新的雪覆盖，直到她消失在大雪中。"这多像一个人的一生啊。"石破又感叹道。

在不远处寡妇家还传来断断续续的哭丧声，但是那些声音没有飘出去多远，就结成霜了。

醉汉被派出所的警察铐走了。

"现在，你酒醒没有？"石破问他。

但是他没有回答。

傍晚的时候，石破走回住处，在一口井边，他看见那头母牛站在那里，一动不动。

他走近了看，井边躺着一头小牛仔，白色的，不，是棕色的，但是被雪染白了。石破觉得他应该为它们做点什么，但是他发现什么也做不了。他捏紧一块雪，打在母牛身上，可它一动不动。"算了吧，都是命。我何必把它赶进另一场大雪里呢。"石破边想边离开了。

"哞——"

母牛在石破身后叫了一声……

夜来了，雪不止。

虽然天空和人间的这场对弈还在继续，但黎明的那一丝光亮总会冲破云层……

加主布哈，西南民族大学民族学与社会学学院研究生，四川省作家协会会员。著有诗集《借宿》，曾获第三届诗酒文化大会校园组金奖、第六届徐志摩微诗歌奖等。

本文为第七届『青春文学奖』中短篇小说奖第一名。

长安万年

——一个唐人的一天

| 陶誉丹

　　大中十年①，清明当日，五更两点②第一声报晓鼓在太极宫承天门上敲响，鼓声沉沉，庄严肃穆，和东方天际的朝阳一起唤醒鳞次栉比的长安城。路上已早有行人③，南来北往的行商坐贾，挑担叫卖的村野农夫，皆为生计奔忙，张镜清也早早出了宣平坊的坊门。

　　镜清年二十二，明习律令，明法科④出身。解褐授官不足

────────────

　　①唐朝第十七位皇帝唐宣宗在位时期。大中十年即公元856年。

　　②《唐会要》卷71记载（贞元三年）闰二月八日，德宗诏敕："四月一日以后，五更二点放鼓契。九月一日以后，五更三点放鼓契。日出后二刻传点，三刻进坐牌。"

　　③《唐会要》卷86记载，大和五年，京城坊门出现"或鼓未动即先开，或夜已深犹未闭"。可见大和年间宵禁制度已逐渐废弛。

　　④唐代科举以明法为常科，作为选拔专业司法官吏的一条途径。所试律、令，每部试十帖，策试十条，试律七条、令三条，全通为甲等，通八为乙等。

一年，却崭露头角，颇受赞赏，便迁至万年县①，官就县尉②一职，供职于万年县大狱。镜清为人和善，来县中不过小半年，官阶尚低。近来县中杂事冗多，镜清兢兢业业，凡事皆按律悉心处理，且年岁又小，虽有属下副手，却不好劳烦，难免自己受些案牍之苦③。借着寒食清明，官吏难得清闲几天④。素闻城东南曲江池，春秋宴乐、夏日避暑皆为盛地。春日里游人如织，花卉环周，烟水明媚⑤，镜清也决定探访。

　　还未行至曲江池畔，路过一片牡丹花圃，其中数株却不寻常，竟是青紫黄赤之色⑥，牡丹花旁，还有几株乌头草⑦。镜清心中正惊诧于各色牡丹，只听有人笑道："少府⑧今日好兴致，亦至城南踏青。"

---

　　①《旧唐书》卷38《地理一》云："都内，南北十四街，东西十一街，街分一百八坊，坊之广长，皆三百余步。皇城之南大街曰朱雀之街，东五十四坊，万年县领之。街西五十四坊，长安县领之，京兆尹总其事。"

　　②绝大多数明法出身者的仕宦之路只能是从外官，如县尉起步。

　　③《唐六典·三府都护州县官吏》记载县尉"亲理庶务，分判众曹，割断追催，收率课调"。

　　④《唐六典》卷2记载："内外官吏，则有假宁之节。"注云："谓元至、冬至各给假七日，寒食通清明四日，八月十五夏至及腊各三日。"

　　⑤曲江池是唐代著名的公共园林，在一些重要节日更是游人如织。据《开元天宝遗事（外七种）》记载，曲江池"都人游玩，盛于中和、上巳之节。采幄翠帱，匝于堤岸，鲜车健马，比肩击毂"。

　　⑥段成式《酉阳杂俎》中有关于韩愈与其侄之间的对话，提到牡丹花的颜色："叔要此花，青紫黄赤，唯命也。"

　　⑦乌头为草本植物，九、十月开花。春时茎初生有脑，形如乌乌之头，故谓之乌头。《本草经集注》曾以"大毒""杀禽兽""又堕胎""中人亦死"等词语概括其特性。

　　⑧唐代因称县令为明府，县尉为县令之佐，也称为少府。

　　镜清回首一看，原是花匠唐棣。此人培花极巧，常侍弄些奇花异草送往城北富贵官家①，想必这花也出自他手。他比镜清年长三四岁，虽只是花匠农夫，却颇有见识，且鬓若刀裁，眉如墨画，生得俊俏不凡。镜清素日与唐棣有些交情，早觉他非浊骨凡胎，后来攀谈才知，他本出身书香门第，无奈早年家中变故，双亲撒手人寰，唯剩唐棣与小妹二人。世事难料，实在可叹。

　　话回当下，镜清与他寒暄几句，问起各色奇花。唐棣笑道："唯施小计尔，此不足奇，某②尝见巧匠令紫牡丹开于初冬，且每朵有一联诗于瓣上③，此乃最奇、最巧者。然某愚笨，只学得十之一二。"镜清道："郎君④谦逊，此牡丹虽无诗于其上，亦奇观矣，其价必定斐然。既有此奇花，郎君平日却只送寻常牡丹至城中，何故？"

　　唐棣一面将白牡丹搬至牛车上，一面答道："现今光景不似从前。少府聪敏惜花之人，见之自然爱怜。然骚客多以牡丹媚人乱国⑤，若见青紫黄赤之花，恐批判更甚。其实国运与花

---

　　①长安城城北人口密集，官宅居多。据《唐会要·百官家庙》记载："又缘近北诸坊，便于朝谒，百官第宅，布列坊其中。"

　　②唐代男性谦称自己为"某"，如敦煌变文《韩擒虎话本》，"杨坚启言皇后：'某缘力微，如何即是？'"

　　③段成式《酉阳杂俎》：韩愈之侄栽种牡丹，"时冬初也。牡丹本紫，及花发，色白红厉绿，每朵有一联诗，字色紫分明，乃是韩出官时诗。一韵曰：'云横秦岭家何在，雪拥蓝关马不前'十四字，韩大惊异。"

　　④唐代对青壮年男子的称呼。

　　⑤晚唐时，诗人多批评牡丹浮荡豪奢，华而不实，借此批判社会风气。如王睿《牡丹诗》："牡丹妖艳乱人心，一国如狂不惜金。"

何干，但为人之过错寻托辞尔！"

　　镜清听他颇有惋惜之感，便劝慰道："以郎君之才，求取一二功名自非难事。好儿郎志存高远，何不出仕，挽国运于衰微？"唐棣只摇摇头笑道："某才疏学浅，难当大任。且有一心愿未了，无心于此。不过想来，遂愿之日已近矣！"说着，面上微露欣喜之色。又说罢几句闲话，镜清便与他告辞，准备往曲江池去。

　　正要走时，远处一万年县小吏跑来，喊道："少府！城北李常侍家有案！"镜清忙问案情，唐棣仍在一旁打理花草。问至可有伤亡，小吏答道："无人伤亡，只是常侍家中狸猫①误食了那牡丹花馔②，竟即刻暴毙。"镜清于是动身和那小吏一便往城北去了。

　　唐棣心中暗想，张镜清初出茅庐还未办过大案，散骑常侍官居三品，府中案件怎么轮到他一小小县尉主持审理，却不见县令？

　　唐棣猜得不错，但县令除怠政外，私下还更有一番盘算。

　　镜清毫无城府，不懂情理场上的纠葛，一路上还只专心于案情。原来，今晨府上二夫人亲自做了牡丹花馔给李常侍品

━━━━━━━━━

　　①唐人家中常有养猫的现象，韩愈《猫相乳说》："司徒北平王家，猫有生子同日者。"
　　②鲜花入馔在唐代的诗文中屡见记载。如魏征《五郊乐章·雍和》："苾苾兰羞，芬芬桂醑"，说的是皇帝与百官举行大典时以兰花做成的佳肴和桂花酿造的美酒进行"迎俎"的祭礼。

尝，婢子端盘却失手将其打翻，常侍养的狸猫跳来，吃了那花馔后痛叫几声，竟然暴毙，府中即刻以银针试毒花馔，果然银针变黑①，花馔有毒，随即报案至县衙。

既至府中，镜清先拜常侍。李常侍见镜清年少，略有不满。镜清听出他话中对县令不满，也不为县令说话，只道："某虽才疏学浅，稽查断狱却也略知一二。常侍府中案件乃某分内之事，自当竭力办理。"

话毕，镜清便着手查案。先由下人带至二夫人处问案，案件未明，那妇人却已被褪去华服发饰，一见官差便哭诉自己被冤。细问起来，花馔制作皆是二夫人亲手，并未假手他人。镜清遂至厨房查看。

发现花馔有毒后厨房即刻封锁，所剩原料也未曾动过，镜清一一以银针试过，蜜水、白面、鸡卵、酒酿、酥油均无毒。在水瓢旁，放着剥去花瓣的牡丹花枝和另一盘花馔，不过零散而不成饼状，看来是次品，银针试过却有毒性。镜清陷入困境，既然原料皆无毒，花馔为何有毒？正在沉思，管家来请他至堂中用昼食②，镜清才想起来已日到中午，自己也腹中饥饿，便与管家去了。

一路上穿过常侍府中回廊，雕梁画栋，奢华至极。经过府

①砒霜是鹤顶红提炼后的白色粉末，含有剧毒，人服用后两三分钟内即死。砒霜中含有大量硫化物，与银接触后即在银表面生成一层硫化银，呈黑色。故古人以银针试毒。

②即午饭，《汉书·萧望之传》："（望之）饮鸩自杀……是时太官方上昼食，上乃却食，为之涕泣，哀恸左右。"

　　中偏门，镜清突然发现唐棣竟也在此，应该是往府中送花，只是车上花已空了他还未走，好似在等什么人。管家开口喊他过来，吩咐道："近日府中有事，阿郎与娘子①恐无心赏花，几日内尔不必送花至此。现速速出府，再勿停留！"唐棣应声回答，又与镜清作揖作别，才迈步离去。

　　行至堂中，管家早备了青精饭②与饧粥③等。粳米入口竟有清香，管家解释道："取南烛叶捣汁，和入粳米蒸熟，可使粳米带香。"镜清灵光一现，南烛汁液既可使米染色带香，如此想来，若是鲜花本身有毒，和入饼中，花馔自然染毒，且那花馔原料皆已一一试毒，唯有入饼牡丹还未检验。牡丹出自唐棣之手，唐棣乃远致君子，怎会与此案牵连。他不敢再多想，便请管家即刻带二夫人至厨房，自己动身先行。

　　正在凝神，忽听门外人声嘈杂，众人皆至。镜清向二夫人问道："花馔为娘子亲做，未有一点假手他人，如是乎？"二夫人答道："少府明鉴，奴④亲做花馔，婢女切分后，端与

---

　　①唐代奴仆称呼男主人为"阿郎"，称呼主母和小姐均为"娘子"。

　　②青精饭是唐代著名饭食，富有营养又兼食疗作用。其做法是将南烛树叶捣碎，取之浸米蒸熟，其色如青，故名青精饭或乌饭。传说久食此饭，身体轻健，延年益寿。杜甫《赠李白》："岂无青精饭，令我颜色好。"

　　③饧粥是唐代加杏酪、麦芽糖的粥，多在寒食节、清明节食用。沈佺期《岭表逢寒食》："岭外无寒食，春来不见饧。洛阳新甲子，何日是清明。"李商隐《评事翁寄赐饧粥走笔为答》："粥香饧白杏花天，省对流莺坐绮筵。"

　　④唐代无论男女上下尊卑皆可自称为"奴"。《韩擒虎话本》："时有金璃陈王，知道杨坚为君，心生不负。宣诏合朝大臣，总在殿前，当时宣问：'阿奴今拟兴兵，收伏狂秦，卿意者何？'"这里的"阿奴"就是南陈皇帝陈叔宝自称。

常侍。"镜清又问入饼的牡丹是何由来，可有剩余。夫人道："数日前即遣婢女至城南一小厮处订花，专供花馔所用，尚有两株未用。少府对此花可有疑惑？"镜清答道："娘子剥下花瓣和至面中，并未捣成汁液，故适才未试毒此花，劳烦娘子取另两株花，捣碎检验。"

看他所言，意指花中含毒，众人心中皆疑惑，牡丹怎的生来有毒？镜清也不回答，只死盯着那捣碎的花瓣，银针探入后取出，变青黑色。众人皆惊异万分，不敢相信这牡丹竟是毒花！镜清却不意外，心中只有无尽失望与不解。喟然闭眼，长叹一声，吩咐旁边差役："尔即刻回县衙，禀告明府，扣押城南疑犯唐棣。"

看官你道这牡丹如何有毒？镜清因今日见唐棣所栽异色牡丹，便知他自有奇法，该是以各色汁水长期浇灌，根系吸收，使花染色。如此说来，只需以砒霜水日日浇花，长此以往，便使牡丹有毒。但镜清仍不知唐棣害人动机，也不愿相信他会在背地下这样的毒手，只盼审理明白，洗脱唐棣的嫌疑。

镜清留在府中向常侍陈述案情，那差役则回县衙，将所见一一说与县令，唐棣即刻被捕收监。县令眼神轻蔑，鼻子一哼道："小小县尉，竟有些本事，昔日倒是小瞧！既然已有嫌犯，大可交差，不必再耗时费力。"随即吩咐县中速速结案，自己也好归家。今日本该休假，却被案件烦扰，他早抱怨不休。

差役却道："明府莫急！某见常侍府中上下忙碌非常，

问一采买小厮才知，皇命已下，李常侍官升尚书左仆射①，府中正备烧尾宴②。"县令眼珠一转，立刻盘算起来。这烧尾宴自玄宗后便不再盛行，他今日大张旗鼓重拾旧俗，恐怕自有一番深意。县令嗤笑一声，心中已有决定："也罢，既然他想听奉承，我便遂了他的愿，日后也免不了多走动。"于是吩咐差役："既如此，那便随本府至李仆射府上道喜，再把犯人唐棣带上，当堂审理③，听从仆射发落！"

万年县衙破了仆射府上的案子，县令少不了邀功请赏。不过误打误撞，倒叫张镜清在仆射面前出尽了风头，便宜这初出茅庐的小子。自己虽非头功，怎么也算是"调教有功"。想至此，他便洋洋得意地整整帽子，大摇大摆往城北去了。

少顷，一干人等皆蜂拥至府，在堂中黑压压站了一片。李常侍端坐堂前，唐棣已戴上镣铐跪在堂中。未等常侍说话，县令倒先开口呵斥："田舍奴！④尔何敢谋害常侍乎！从实招来！"唐棣竟不喊冤，也不看他，只闭眼冷冷道："寻爹娘之冤仇。"

听他此言，镜清痛心疾首，顾不得自己的身份，抢先道：

---

①唐代自唐太宗后不设尚书令，尚书左右仆射掌握实权。

②唐代大臣授官，要向皇帝进献筵席，名曰"烧尾"，取鱼跃龙门、官运亨通之意。《辨物小志》载："唐自中宗朝，大臣初拜官，例献食于天子，名曰烧尾。"但烧尾宴逐渐由最初带有一定礼仪性的官方宴会演变为朋侪为登第进士贺喜的宴会。自玄宗开元后，该习俗几乎停止。到晚唐时期，"烧尾宴"作为一种意向，常出现在唐诗中，象征着登科中举、拜官升迁。

③唐代州县政权，集行政与司法职能为一身。据唐《狱官令》规定，州县的审判权限："杖罪以下，县决之，徒以上，县断定，送州覆审讫，徒罪及流应决杖，笞若应赎者，即决配征赎。"

④唐代对男子轻蔑的称呼，含有鄙其无知之意。

"君何愚哉！何冤不能诉于法？何怨不能求于律？何必出此阴狠害人之下策？"唐棣无奈地笑笑，凌厉的目光看向县令。

县令心中一颤，不寒而栗，想起七年前一桩草草了结的案件：京兆府的司录参军在审计万年县征税时，擅自增加赋税数目，被发现后，司录参军与其夫人一同谢罪自尽。如此看来，唐棣当是司录参军之子。

县令斜睨向常侍，李常侍本人自然也心知肚明，以阴狠的目光瞟唐棣一眼，微微点头。县令即刻会意，清清嗓子，以毋庸置疑的口气道："尔谋害常侍，已是死罪，又大放厥词满口胡言，本府今日定不饶恕！即刻将人犯押回县衙，明日杖杀！[①]"

镜清见唐棣已无生路，急忙道："明府！当年之案颇有疑点，何不再次查验，待真相大白后，依律处罚人犯。若唐棣此言非虚，真凶逍遥法外，岂不有损我朝律法之威？且为孝亲寻仇，早有减刑少罚之先例[②]，唐棣又谋杀未遂[③]，何至杖杀？"

其实镜清对当年之案也有耳闻，坊间皆传，司录参军乃是

---

①据《狱官令》规定，县里唯有对人犯决笞杖和常行杖的职权。但唐代后期对官员违制执法的监督力度有所放松，多数情况下县里司法官员都可以决死人犯而不受罚，从而取得事实上的死刑处分权。

②唐代对于因行孝而违法的案件较为宽容，存在为父母复仇而触犯刑律却获减刑甚至赦免的案例，如太宗时期的王君操案，被皇帝赦免死刑，《新唐书·孝友传》："'父死凶手，历二十年不克报，乃今刷愤，愿归死有司。'州上状，帝为贷死。"高宗时，赵师举为父杀人获得原谅，《新唐书·孝友传》："久之，手杀仇人，诣官自陈，帝原之。"

③《唐律疏议》中有多处对犯罪未遂作出相关规定，如："谋杀缌麻以上尊长者，流二千里，已伤者，绞；已杀者，皆斩。"

替罪枉死。想至此，镜清才明白唐棣为何一直不愿出仕，原来为仇所累，实在可怜可叹。唐棣罪不至死，县令却枉顾律法，轻易判刑，置大唐律法于何地！再者，镜清也实在不忍唐棣就此获死。但他哪里知道，县令自己正是所谓的真凶之一！

听他此言，县令气急败坏，槌桌骂道："小子浅识！胆敢于常侍面前无礼失言！本府已结此案，尔即刻回县衙，勿复再言！"镜清从前只知县令贯会做人，未曾同他一道办案，今日见其大露谄媚阿谀之态，断案也丝毫不依律法，于是义愤填膺道："明府岂可罔顾……"

"少府！"一语未了却被打断，原是李常侍发话。"少府睿智，一日不到便破我府案件，想必劳累非常，还是好生歇息！"常侍下了逐客令，他不得不退下。走时再看唐棣，却一副轻松释然之态，全无悲愤惋惜之意。本想大仇得报，便与小妹远离长安这一伤心之地，如今，是再也走不了了。但想来，尽志而不能至者，亦无悔矣！

镜清惆怅满怀，快行至偏门，已是酉时六刻①。残阳烧红晚霞，云彩鎏金，暮霭中透着粉紫色，与常侍府中的亭台楼阁遥相呼应。夕阳美景他再也无心观赏，只拖着沉重的步子低头缓缓行走，默默沉思。

镜清仰头闭眼，长叹一声，正要出府，听得身后有人叫

①古人以"铜壶滴漏"方法计时，把一昼夜分为十二个时辰，酉时对应今天的17点至19点。一时辰有八刻，一刻大约为现在的15分钟，酉时六刻大约为18点半。

道："少府留步！借一步说话！"回头一看，原是一小厮，神色颇为怪异。镜清见他似有哀求，便与其行至一僻静处，还未站定，那小厮看四下无人，竟扑通跪下，求他救命。镜清不明所以，小厮慢慢道清原委。

他原是厨房的烧火小厮，见两盘花馔其中一盘散开未成饼状，被弃之不用，便趁人不备取一小块偷食。谁知后来发现花馔竟然有毒，他觉自己命不久矣，于是向镜清央求解药。"少府莫要告与阿郎，某一时糊涂，请少府赐药救命！"

镜清愕然，此人已食花馔，竟然无恙？要知花馔所含之毒为砒霜，毒性极烈。难道花馔其实无毒？若果真如此，唐棣便不是真凶，可既不是真凶，他又为何丝毫不再申辩？或许真凶另有其人，唐棣便可摆脱死罪。镜清顿时又来了精神，打算一探究竟，查清真相，竭力免唐棣一死。他心中有太多猜想与疑惑，却只告诉小厮稍做等待，自己又悄悄往厨房去了。

今日李常侍险些丢了性命，仍是心有余悸，于是召府中众人训话，教他们凡事都悉心些，所以幸而厨房无人，东西都还未清理。镜清找到两盘花馔，再次以银针试毒，结果却仍是均变黑色。按小厮所言和狸猫暴毙来看，应是一盘有毒一盘无毒，可是为何……

镜清实在不解，闭眼忖度良久。突然，一念闪过，他急忙找到厨房中的皂角水，重新取两根银针，以皂角水洗过后，分别探入两盘花馔，两根银针均变青黑色。镜清再将这两根银针又放入皂角水中，浸泡片刻后取出，以布揩擦几下，只见探入废弃花馔的那根银针褪色，恢复银白，探入狸猫所食花馔的那根仍为黑色。

镜清意识到自己实在疏忽。银针探物变色，须得前后以皂角水揩洗，颜色不褪，方能确定是毒物。①其实银针探物等事，应由仵作负责，但今日无人伤亡，县令便未派遣。本来镜清不必学辨物验伤等技，不过从前兴趣所至，自己读过几本前人笔记。若非如此，今日倒要错失真相了。镜清暗自庆幸，理理思绪，又以此法验试捣碎的花瓣，果然皂角水揩洗过后银针也恢复银白。原来唐棣所下之毒并非砒霜，而是今早在花圃中看见的那株乌头。虽然也有毒性，但并不如砒霜强烈，花中又吸收不多，所以小厮食用后也无恙。

如此看来，端给常侍食用的那盘花馔，是又被他人下了砒霜剧毒。要在二夫人眼皮底下投毒而不被发现，绝非易事，此人一定是府中之人。究竟是谁也要害常侍？又这样巧合，与唐棣的计划相撞，镜清实在毫无头绪，但他决定先告知县令与常侍。想来若常侍得知另有真凶藏匿府内，为保自身性命，必定彻查此事。待查出真凶后，他再为唐棣求情。

镜清心中正做打算，忽然身后走出一人，说道：“下毒之事奴一人谋划，与阿兄无关，少府可将奴收监，但放阿兄一命！”镜清愕然回首，来人是一女子，模样清丽，眼神却

---

①宋慈所著的《洗冤集录》是总结历代验尸辨伤、侦查断案的法医学著作，其中记载：“若验服毒，用银钗，皂角水揩洗过，探入死人喉内，以纸密封，良久取出，作青黑色，再用皂角水揩洗，其色不去。如无，其色颜白。”

平静冰冷异常，竟是二夫人的婢女，堂中见过一面。镜清惊诧万分，一时间说不出话。那女子又继续道："爷娘含冤七年，今日正是忌日。奴见有人食花馔而无恙，便知花馔竟然无毒，实在不忍阿兄白费心血，便以早备好的淬过砒霜的毒刀切分，望以此惩杀恶人，告爷娘在天之灵。只是不想后来生出许多意外，反害阿兄身陷囹圄。"说至此，她几近哽咽，眼中似有泪光，却强忍回去，以凛然无畏的语气道："奴有杀人之罪，如何处置，悉听尊便，只求放阿兄一命！"

原来为报爷娘之仇，兄妹二人早有准备。唐棣以牡丹投毒，小妹入仇人府中为奴，便是为了里应外合。镜清不曾想到，此案竟这样波折，兄妹二人如此煞费苦心，可见其仇恨之重。他沉默良久，微微张口却说不出话，最后才缓缓吐出几个字，"娘子走罢！某不追究。"

那女子未料到镜清竟会如此回答，又急忙道："今日在堂中，见少府为兄辩护，便知郎君不同那满脑肠肥之辈。奴可至县衙投案自首，但求保阿兄性命！"镜清不忍见她几欲流出的眼泪，只得背过身去，心中无限怅然与纠结，腾升而起，眉头紧锁道："娘子所求之事，非某力能及。趁某未悔，速去罢！"说罢，自己却蹒跚着跑出厨房。

屋外夜幕初降，天地昏黄，万物朦胧。镜清觉得双腿不受自己控制，只机械地往外跑去，似是要逃离什么，脑中一片空白，不觉眼也湿润了。昏暗中撞上了方才那小厮，镜清才倏尔清醒，速速收住情绪，以略带干哑的声音道："方才查验那花馔……毒性不大，尔所食不多，故无大碍。若想寻医问药……"镜清怕他捡药时走漏风声，又叮嘱："只寻些清热解毒之药便可。"话毕，那小厮千恩万谢地拜了几次，才去了。

　　终于一切都结束了，镜清已平静了许多，一个人慢慢走出常侍府，走在长安城的街道上。夜的黑暗终于吞噬了最后一点日光，祭扫新坟生离死别的啜泣声与踏青游玩的欢笑声①，在长安城中氤氲了一天，也都渐渐平息了。沉沉的暮鼓声②响起，几个金吾卫没精打采地上街巡游③。夜的笙歌又要在长安城北响起了，灯影流转，胡姬婀娜。纸醉金迷的夜，一切都好似与从前盛唐的繁华旧梦无异。

　　镜清不想回坊，独自漫步于静谧星夜之下，仰头见那一弯高悬的蛾眉月，形单影只。想起七年之前，夜夜与月相伴，诵读律令，倦了便枕着法卷，对月入眠。镜清平生最恨"徇私枉法"四字，可今日，他却亲自放走了真凶。明日太阳再升之时，会后悔吗？镜清不知道。

———————

　　①踏青赏春、蹴鞠、斗鸡、荡秋千、放风筝等等是唐代清明节习俗，明丽而热闹。杜甫《清明》："著处繁花务是日，长沙千人万人出，渡头翠柳艳明眉，争道朱蹄骄啮膝。"韦庄《丙辰年鄜州遇寒食城外醉吟五首·其一》："满街杨柳绿丝烟，画出清明二月天。好是隔帘花树动，女郎撩乱送秋千。"

　　②《新唐书》记载："日暮鼓八百声而门闭。五更二点鼓自内发，诸街鼓承振，坊市门皆起。"

　　③唐中后期，长安城内居民生活渐渐冲出时间空间限制，宵禁制度逐渐废弛，金吾卫的街鼓管理和禁夜任务不能再严格执行。宋敏求《春明退朝录》记："二纪以来，不闻街鼓之声，金吾之职废矣。"

他曾与同僚一道相约起誓，忠于律法，必不叫一人含冤。可是，今日他动恻隐之心，放了一人。不过是杯水车薪，扬汤止沸。有时情感与理智难以分清，究竟该如何判定？或许只有从一开始，就不受任何人事物的要挟与钳制，也不受任何人情道义的束缚与绑架，及时制止冤屈不平的发生，还律法一个清正纯粹，才能避免更多悲剧与惋惜的出现。这，才是镜清会追求一生的理想。

不知不觉，镜清又走到了那片花圃。淡月清风之下，牡丹盛开如初，雍容而张扬，使人追忆起多年前的盛唐气象。长安牡丹自顾自地绽放了百余年，华贵雍容之姿，引无数唐人为其折腰，如今却背上祸国之罪名。唐棣说得没错，花不着意，人却思忖。若是士大夫们知道牡丹竟然有毒，恐怕又是大惊失色，极尽批评之能事。只是可笑，花中何以有毒，不过是人心有毒！人心之毒，比那砒霜毒药还厉害千倍万倍！

镜清望着月色下的长安县与万年县，想起当年所取"长安万年"之意，心中隐隐作痛：如此境况，万年长安如何长安？长安万年何以万年！镜清尽一身之力，或许也只是萤火之光。但，正如他劝唐棣之言，士人出仕挽国运于衰微，即便近乎蝼蚁之力，却聊胜于无，自有一番道理与坚守。此刻纵有千般不是，士子如何能冷眼相看，无动于衷？他不满足于以旁敲侧击式的道德整顿来谴责这个世界，日后，他定要上呈案件始末，为民翻案，去寻那炬火与太阳，在某日清晨，和承天门的鼓声一道，唤醒沉睡已久的长安。

夜已深了，镜清转身离去。身后的花圃一角，一小株唐棣花①，在婆娑月影下，独自摇曳。

陶誉丹，郑州大学历史学院世界史专业本科生。

本文为第七届『青春文学奖』中短篇小说奖获奖作品。

———————————

①唐棣：一种植物，属蔷薇科，落叶灌木。《论语》曾记："唐棣之华，偏其反而。岂不尔思，室是远而。子曰：'未之思也，夫何远之有？'"孔子此语发人深省，与"仁远乎哉？我欲仁，斯仁至矣。"有异曲同工之妙。

青女

| 苍梧

一

我的小姨因她"明珠"的称号出名。

那是她考取女子师范学校的第一年。二姨婆接了喜信后做主去摇签，请了十里八乡有名的神婆卜了一卦。那女人点着茶水画了一个蚌，二姨婆了然。

小姨返乡那日，人们都聚集在吊脚楼上，临水的窗子里挤满了人头，听说消息的水手停住了龙船和小划子，故作从容地修理船帆。

岸边是身着彩衣的傩戏班子，先行唱起了《孟姜女》，从楼上时不时掉下来喝彩声和橘子皮。唱旦角的嗓子极好，听旁人讲她模仿人声也是一把好手，还能反串唱试妻的小调。

几近中午，小姨乘着一个小划子来了，她站在船头，水上的风吹起她的齐耳短发和学生制服的下摆。她见状以为今天是谁家办喜事，忙催着船老大到一处人少的地方靠岸，免得和那些发疯的水手撞了船。

眼尖的人此时已经瞧见了这小姑娘，又疑惑她那条长辫子哪去了，争论是不是她，有人不管三七二十一大喊着"瑶妹子""幺妹儿"。小姨不解，被岸边的人群一把拉上了码头，唱傩戏的立马戴上嬉笑的面具围过来跳舞，手里的铃铛摇出清脆的声响，班主拍着肚皮走上前来作了个揖，开始唱吉祥话："风调雨顺好日哟，天生光来地生宝。在世不求儿郎多，但求明珠生我屋。"

他声音极婉转动听，引得雀鸟相和。唱完，吊脚楼上登时爆发出一片叫好声，人们跑下来，和唱戏的傩神们一起跳起了舞，他们手拉着手，末端就是我尚站在码头的小姨。

很多年后老人们回忆起来，都以为唐家是出了个女状元而不是小姨之后所说的"夫子"。他们津津乐道二姨婆在当天为她请的戏班子唱得多么热闹，又抬出来怎样华美的一顶锦绣轿子。轿帘上绣的牡丹招来了一群花蝴蝶，那是二姨婆的得意之作。听说那时候二姨婆就给这个小姑娘备好了价值连城的嫁妆，因为家里是做绣花的，她新婚那床被子上绣满九九八十一只雀鸟，中间是脊背流着彩霞的凤凰。

他们却忘记了，小姨没有登上那顶轿子。我当时坐在哥哥的脖子上看得清清楚楚，小姨背着包裹略微皱着眉头，人们环绕着她跳起舞来。她被一只手传给另一只手，最终到了轿夫面前，他们难得穿得一身靛青色的体面衣裳，齐齐向她低下肩膀。我不知道小姨对他们说了什么，几人僵持了一会儿，小姨拨了拨头发，一拉包裹径直走了，轿夫们一愣，忙抬起那堆锦绣跟上。

我催促着哥哥跟上，奈何人实在太多，好不容易到了我们那三进的老屋，还没踏入，只听到堂屋里"噔噔"作响的拐杖击地声。哥哥叹了一口气说："二姨婆又生气了。"他从脖子上放下我，向屋外摆一摆，我晓得他不愿意触这霉头，便一个人一蹦一跳过了门槛。

这唐家的屋子说起来是三进，可我小时候总觉得它是天底下最大、最漂亮的房子。不知道哪一任太公看上这块背山面水的地方，从此就有了唐家屋。一条细小的泉水穿过院落流向沅水支流，屋后是长满竹子和楠木的小山丘。院墙由结实又沉静的青砖垒成，房屋则是白墙黛瓦，连廊漆成红色。唐家原先是诗书之家，县里曾为此颁下"墨香世家"的牌匾，它一直挂在大门上，后来因绣花起了势，二姨婆在第二进门添了"锦绣家园"的匾额。

堂屋的大门常年开一半关一半，两只石兽蹲在屋檐下，此时一条光束直射黑黢黢的墙面，小姨跪在阴影里，头顶是半明半暗血红的几个大字"天地君亲师"。我跑进来带了风，祭台上的蜡烛忽地一晃。

我猫一样挪着步子到小姨面前，小声唤道："幺姨。"她抬起头，斜了一眼要我出去，我假装没有看见，和她一起跪在蒲团上，作了三个揖，说道："老爷爷老婆婆好，我们家里的明珠回来了。"小姨一听，拉我到面前，捏住脸蛋，骂道："小恶婆娘嘴巴多。"我心里想，谁是恶婆娘？我才不是，刚刚那个敲地板的比较像。

"刚刚二姨婆怎么骂的你？"

"哈！"小姨挤出一声笑，"她问我还是不是唐家幺妹？"

我想不通这其中关节，后来去问母亲，她总是顾左右而言他。我又去问哥哥姐姐们，他们讲这不是很简单的道理，幺姨叫"林青瑶"，她不姓唐呀。

我隐约觉得这里面还有什么问题，当时却容不得我想，因为"噔噔"声又近了。那是一根黑漆漆的鹿头拐杖，它的眼睛总是对着我瞪，像是能滚出来似的。我抬头一瞧，是二姨婆过来了，她那双树根样的手一把抓住我这只小猫，捏着我的骨头盘核桃一般滚了起来。我惊叫出声，她"哈哈"两声，撤走树藤。

我怯怯地叫她："二姨婆。"她那张白脸浮出一个满意的微笑，别过身去，拐杖戳中小姨的背。

"起来！今天是开心的日子，别叫小孩子看笑话。"

她消失在拐角处的光里。

小姨牵起我的手："好久没回来，阿沅长高了呀。你哥哥怎么样？你月月姨怎么样？你姆妈呢……"

二

故事的起点是临水的那座塔。

每年农历三月，草木生长，溪水回暖，一群群绿毛鸭子在柳树枝条的影子里游动，发出"嘎嘎"声响。这时，姑娘们就手挽着手到这塔下来了。她们穿着靛蓝或新绿的裙子，头上包着头巾，手边的竹篮里叠着新制的花样，有些还带来了蚕和织好的布匹。此时在塔上遥望，天际中仿佛有彩云聚集。

姑娘们到了塔前，从篮中取出物件，将它们郑重地摆在一个少女的石像下面，入塔，拜完塔里的菩萨再取走。据说这样做可以让蚕吐出的丝线更鲜亮，让人绣出的图样更传神。这里原来不时兴祭蚕娘娘，可偏偏造了这么一个像，每年都有无数灿如烟霞的布匹和栩栩如生的绣样挂在她的肩膀上。

她们都唤她一声"姐姐"。

这个故事的开头，外婆已经讲过许多遍，每讲到这一段，她都会停一会儿，眯着她那双又亮又大的眼睛，叹口气，说："就我叫不了她这一声'姐姐'。"

很多年以后，翟灵湘来到故事外的江边，比她矮一个头的母亲走在前面，领着她爬上堤坝。政府近几年的工程建设已让这沿河的景象焕然一新，孩子们拉着风筝在柳荫里疯跑，一张巨大的猫脸在风中颠上颠下。远一点的地方有吆喝声传来，好像是在卖炸糕。

在路的尽头，靠近大桥的地方，便是那座塔了。

　　雕像不知所踪，塔门被一把锈住的大锁锁着，大概是今年春天多雨的缘故，灰白色的墙壁里长出新叶，塔的最顶端还冒出一捧草来，远远看去仿佛戴了帽子。翟灵湘走近来看塔前石碑，上面刻着："有林氏女未嫁而殁，遗言以奁中资建寺……"她擦去碑上灰尘，之后的文字斑驳不清，抬眼再看那塔，残留在墙上的水渍如同泪痕。

　　她又想起外婆的故事。

　　外婆说，就她叫不了"姐姐"，因为那雕像的样貌是照着她的小姨林青瑶刻的，左眼尾有痣，右半边脸颊有酒窝。小姨的眉头总是略微蹙着，有人说是天生的苦相，晚景不祥，要多笑笑才行。

　　故事里叫"瑶妹儿"的女人在她二十一岁、将满二十二岁的时候去世了。临终前，她躺在床上，像是一座师傅手重刻坏了的木像，再也无法上漆。她蹙着总是不舒展的眉头，似笑非笑、似哭非哭，哑着嗓子对外婆讲："静沅，我好想看看雪，我出生时下了一场很大的雪哩。"

　　外婆害怕地捏紧她没有一点肉的手说："以后姨想去哪里看雪，我都陪你去。"她听见后，缓缓抽动一下嘴角。几天后，天降大雪，在战乱和瘟疫中，很多人没了，她是其中一个。

　　林青瑶死前抓住当家人的手发了一个大愿，说此生罪孽深重，愿以嫁妆来修江边的塔。当家人那捻着檀木佛珠的手被她抓出几道红痕，她混沌数日的眼睛此时极亮，恢复了往日的神采。林青瑶这双眼睛极好看，当年无数人冲着它夸一句"观音样子"。

"湘湘，看好没有？"母亲在唤她了，"你老是说要出来看，今天就带你来了……也不晓得你哪么搞得，跟秋姨发那么大脾气，她跟你隔了两代快三代人，顺着她就行了。真是人长大，嘴巴就硬了。"

"姆妈，我心里过不得。"

那是三天前的事。母亲好不容易得了假回乡，和她诸姐妹们约好见面，她的三姐周云秋自告奋勇开起长途车，六十好几的人，在盘山公路上七拐八扭，把后座的侄女颠得不轻。周云秋讲自己年轻时，是厂里三架大车之一，另外两个男的当年开拖拉机是把好手，现在早不中用了。她们寻路时一改往常，带着浓重的乡音说话，灵湘没有几句听得懂，只默默跟母亲确认几个读音，与手机那边语言学的朋友打下"古无轻唇音"的例子。周云秋听了大笑一声，埋怨妹妹竟没有趁早教会女儿说家乡话，又说灵湘好歹是个学文学的，这次出来是不是能写点东西给她看看。翟灵湘在后排无声地笑笑。

中午刚过，到了第一个约好的姐姐家，这家姐姐行七，名叫芸心，老早就在门前张望，桌子上的菜已热了一回。几人见面拉着手，眼中感慨万千，问起儿女的事。

周云秋说家里儿子忙，在长沙跟朋友合伙开了公司，喔唷，儿媳妇可不得了，单位那个比赛拿头奖哩。周芸心说女儿下半年要生了，第二个孩子，不知是男是女，是个女孩就好了，跟哥哥做个伴儿。话一转，就到了坐在一边的翟灵湘身上。母亲笑说，她刚考研究生，娇得很，身上没话头。灵湘捻着衣角，心中无端生出"昔别君未婚，儿女忽成行"的想法来。

傍晚，三个女人带着个小女人在山村路上走着。这地方还保留着百年前的习惯，房屋周身用桐油漆得金灿灿的，屋后堆满原木，门上钉着斗笠，公路则与溪水平行。灵湘回过神来，只听周芸心讲到年轻时后悔的事，想起这个，头痛病就要发作。当年她把女儿送出去读书，孩子怨，就因为这个，女儿与小时候的朋友全不来往。她读又没读出个名堂，倒是心野了，和家里人隔了。周云秋要她宽心，外孙生下来，去给她带几天，关系就好了，到时候谁求着谁还不一定呢。

"湘湘啊，你都考取研究生了，书读够了——现在你主要的任务就是把个人问题解决好。"周云秋拍拍她肩膀。

"秋姨，我倒没想那么多，要么继续读书，要么等工作了站稳脚跟再说。结婚的事，三十岁之前不想。"

两个姨听罢，语调都拔高了一倍，连说灵湘思想危险，屋里这辈唯一一个有名堂的，怕不是书都读蠢了，读出来都多少岁，同辈姐姐孩子都满地走了。

"谈一谈才好，很容易的，我跟你姨爹不就挺合适，哎，只是他……"

"秋姨，有些事情对您很容易，对别人就不是了。您当年学的是外语，我这段时间看芥川龙之介有这样一句：'他在二十岁结婚之后还不能爱上另一个人，这是何等俗不可耐。'这话的意思您应该比我更清楚。"

"那你是要我立马去新找一个咯？"

母亲一看情况不妙，连忙打断，说随翟灵湘去。那边周芸心又不好了，她道："她没谈都是这个样子，你等着瞧她谈了以后吧，一定会把妈妈丢掉的！"

"您凭什么这么说？"翟灵湘停住脚步，直直望向那个女人。七姨年轻时是远近闻名的小美人，即便今日在乡村公路暗黄的灯下看，她那双桃花眼还未失去鲜亮的颜色。

"因为你姐姐就是这样的，你们全是这样，小讨债鬼。"姨的眼神躲闪过去。

母亲一手按住翟灵湘的臂膀，连连给姐姐们赔罪，一边轻轻摇了摇女儿的手。灵湘知道母亲要她噤声，这是她俩的默契。

天色暗淡，弯月悄然爬上树梢。三个女人调转方向，往家的方向去了，一路上两个姨还是止不住话。周芸心觉得灵湘像她爸爸，是要闯个事业的，可苦了妹妹要照顾两个人，也苦了灵湘自己。周云秋反驳，是家里这个小幺儿被宠得太过，眼睛长在脑壳顶，哪里找不到合适的，是她不愿意。

一连说到门口，七姨爹拉开门，道："你们几个聊得挺嗨，我碗都洗完了还不回。"几个女人顿时都没了声响。

好一会儿过去，周芸心说想起床铺还未收拾好，便一人先往客房去了。那间屋子实际上是她女儿年少时住的屋子，当年时兴榻榻米，女儿一个人占了好大块地方，出嫁后便是很适宜的客房。翟灵湘个高，不像个标准的南方人，周芸心翻箱倒柜也没找着合适的被子和被单，翻到底露出一条略旧的缎子来，橙红色的底子上面绣着些花鸟，灵湘刚好进来，看着有趣，多问了一句。周芸心说是嫁人时的东西，没什么稀罕的。

"我看你宝贝得很，搬了这么多次家，一直带着。"姨爹抱着棉被进来了，"湘湘，这被子长，我刚在那边房里找着的。"

几人商量了一会儿，周云秋年纪长睡主卧，周芸心、翟灵湘和母亲睡客房，姨爹则在沙发上过夜。周云秋听罢推辞几句，还是应了，说就这样休息一夜，第二天便起程回乡。

灵湘绕着碑走了一圈，回过头来对母亲讲："姆妈，我哪么想不明白，秋姨她是那个样子，你讲，她是第一个考出去上大学的，还跟外国人做生意。现在倒是越活越回去了。"

"她年纪大了，你听着就行，干吗惹她发火。她一个人过，总想别个多陪陪她。"母亲叹着气，语调拖得长长的。

"妈，这个塔，外婆跟我讲过。"

母亲一愣，顺着灵湘的目光望去。塔立在春风里，环绕它的有风筝和放风筝的孩子们的笑声，有柳树和树下的水鸟。堤坝下面是熙熙攘攘的集市，炸糕的香味比吆喝声飘得更远。

"过两天还要上山，湘湘你记着。"

三

小姨是家中的幺妹儿，我母亲是她四姐，二人既不同父，也不同母，细究起来只是表亲的关系，但家里谁也不敢亏待了小姨，什么好吃的、好用的都记着她，母亲说是小姨那"苦命的娘"的缘故。

小姨拉着我的手，一边问，一边走到她院子里去。

我答着母亲近况，这几月身体还好，在家还绣了幅百福图来。她生我时没有休养好，一到天冷就腰酸背疼，家又靠着江水，总是不好。好在父亲是郎中，每到多雨时节家中就熏艾条、煮草药，或是要母亲来二姨婆这儿暂住。

小姨连道："好，好。"

我又说哥哥还是那个老样子，不怎么读书。乡里的教书先生时来时不来，他总是捻着胡子说什么"不古""不吉"之类的怪话，有时又说家中夫人犯了喘症，或是儿子掉到桥下，他实在来不了。我才不信他的鬼话，那个什么夫人，我们叫她"大脚婆"，犯病还去街上打牌，我哥哥看到了。至于什么儿子掉桥下，那小皮猴凫水可快了，掉下去十次，估计九次是在比试。

小姨听了，捏着我鼻子，好一顿笑。

她牵着我踏过一条石子小径，再走一个拱门便到了。小姨爱花，门前、阶上和天台里都摆，杜鹃、鸳鸯藤、山茶、金桂等等，院子虽小，四季有花。其中她尤爱兰花，在廊前挂得高高低低，错落有致。没出去读书前，每逢春夏之交，她还带着我们这些小孩子上山去寻，有一株叶子带银丝的就是我找着的。等到了花期，小姨便把它提到房间里来，摆在窗户边，我迷迷糊糊的午睡里总有香气袭来。

进门时，听见屋里一阵歌声，唱的是"月亮起来亮堂堂，照到河里的冤家打渔郎"。我晓得是月月姨来了。她听见声响，放下手中的活计就跑出来，一截布料被她衣摆一带，滑脱到地上。

"背时的，我一道等你，一道绣花，热闹看不到，事也做不灵。哪么现在才回？喔唷，哪个小屁股跟着来了？"

我龇牙咧嘴做了个鬼脸给她，月月姨过来拧了我一把，她是个圆圆脸，和小姨很不一样。

月月姨挽住小姨的手，进门坐下，叽叽喳喳地说起来，顾都不顾我。大部分时间是她在讲，小姨在听。内容大抵是家里新添了什么人，乡里出了什么丑事，前几天水手因哪个姑娘打了一场好架，又问起小姨在那边的日子。小姨摆摆手说，也就那样。

"船和这边一个样？"

"小船是差不多，水倒不一样，要小些，浅些。但也有宽的，靠着海呐。往海边去有冒着蒸汽的大船，比龙船气派多了。"

"冒着汽？"

"省城和汉阳应该都有，你没事随船去看就是。"

"我哪有那闲空子，手里的事做都做不完。你这次回来，我新学了几个花样，一定要做到你衣服上。"

于是两人都笑了，小姨这次回来带来几个"新式样"的花帕子，边角坠着丝绳，月月姨翻来覆去地看，说洋布现在也看得多了，摸起来到底不一样。说着说着又谈起今天的戏，月月姨好这一口，为了等小姨都没去看。小姨说那边有新戏，一群人在台子上讲话不唱戏，但也不是说书，就是演故事。

"那演的什么？"

"讲黄花女相中一个小子，屋里姆妈不同意，爹爹也不同意，因求签说他俩不合。"

"签上的事哪还有假的？"

"管哪么假不假，这女娃儿呀，坐着小子的船跑了，说着终身大事要自己做主。你喜欢听《孟姜女》《白蛇传》，它唱的也是这个事。"

"你胡乱讲！"

我撑着脸听她们左一句右一句把故事讲完，不一会儿门外有人喊，要我们去祖屋吃饭。

四

灵湘这几年因为考学的缘故，很少回乡，只是过年回来点个卯。今年春天一回，便大感变化。祖屋推倒建起了四五层灰蓝色的水泥房子，像是个单元楼，偏院也修缮一新，窗户明朗，墙面上了新漆。只是天台边的老井填了可惜，早年天一旱就指望着它喝水，灵湘可喜欢听它"咕噜咕噜"犹如地龙的出水声，现今家家户户都通了自来水，它也就荒在那长草了。

周云秋把车停在院外的坪上，一行人下了车，手提大包小包往祖屋走，路边等着的小辈们帮忙接着东西，连道"秋姨好""七姨好""小姨好"。邻居从他们院门里伸出头来张望，一看是周云秋，招呼："周总回来了，你家这房子和路修得几得好，老太太福气大了。"她听了笑着摆摆手："应该的，叔你身体还好？"那边远远传来搭话声，说："还好。"

顺着新开的水泥路走，很快就能瞧见那扇蓝黑的大门，上面贴着虎头虎脑的神兽，两边是红底金字的对联"天增岁月人增寿，春满乾坤福满门"。一群人还未进来，在"门"字底下钻出一群小孩。

"发财！发财！"孩子们高声说道，围住了三个女人。

母亲瞧着他们笑了起来："这是来要红包来了，年才过呢。"

灵湘从发红包的两个姨旁边挤过去，踏过门槛，进了祖屋。以前屋子是一层楼，出太阳就能晒进祠堂，现在起了几层，又背着光，大门成天敞着也还是阴阴的。她把行李放到一旁的沙发上，正对面往上看，先是挂在梁上的一幅绣像，再是两条红烛、牌位和瓜果，接近天花板是"天地国亲师"五个大字，因常年香火不断，顶都熏黑了。

她回过头看母亲，她们也进来了。

"湘湘去作个揖，告诉外公我们回来了。"

灵湘应着，从香案上取来十二根香条，在烛火上点着，分发给她们。几个人排成一排在大字下鞠了三下躬。这时从暗光里，外婆慢慢悠悠地走过来，左右手各带了一个小女孩。

"姆妈！我们回来看你了！"几个女人提高嗓门喊。

"哦——回来好，回来好。"外婆满头白发挽成一个圆髻，身着暗紫色的呢子衣服，乐呵呵走近前拉住女儿们的手。她是个长相和善的老婆子，圆脸、圆眼睛，嘴巴总是向上翘着。

灵湘跟着大声喊了句外婆好，她的眼神慢慢移过来，先是与她对视几秒，再从头开始细细打量。她带着墨绿玉镯的手搭了几下女儿，便来寻外孙女的手，灵湘连忙前去一步握住。

"湘湘回来了，变样子了。"

"外婆——"灵湘低下头，望着外婆的眼睛笑，余光里，两个被晾在原地的小女孩在母亲的腿边歪着头瞧她。外婆也察觉了，招招手，要她们俩过来。

"你俊哥哥的两个女儿，这是大妹，这是小妹。大妹、小妹，这是姑姑。"

两个一大一小、模样相仿的女孩小声叫："姑姑好。"

"唉，姆妈你小心她两个，"屋外一个围着围裙的女人跑进来，"这是湘湘吧，长大好多，舅妈都认不到了，饭早做好了，你们放了东西就过来。大妹，管好你妹妹！莫栽了。"那女人又风风火火地出去了。

大妹瘪起嘴答应一声，拉起妹妹往堂屋去，走前跟外婆说了句"老奶奶再见"。

灵湘跟着母亲上楼，收拾停当就下来吃饭。

两人进了祖屋对门的院子，灵湘依稀记得那是大舅分家后出去建的房子。还不等她们敲门，舅妈就从里打开了，拉着灵湘到了房内，还没待她答话就把盛着满满一碗蒿菜糯米饭的碗塞进她怀里。

"来，湘湘坐，"大舅妈拉开主桌前的椅子，"九妹子你也来。"这是叫的母亲。

翟灵湘看着主桌围成一圈的高脚钵子有些不自在。前些年回来，这桌上全是喝酒划拳的男人，不，还有外婆和秋姨在。外公在灶上挥舞着大铁铲做血鸭，而她蹲坐在屋檐下的小桌，远远看着柴火烧出的烟氤氲成云雾。她那一桌还有谁？都是小孩子，有一个做姆妈的刚怀上孩子，便去主桌夹菜了，留下剃了光头的小女孩在长椅上，灵湘端着碗，夹了一块腊排骨放进小女孩的嘴里。

"湘湘，你现在可不得了，为了你，家里还杀了鹅哩，就三只。"

灵湘回过神来，碗里多了一只鹅腿，那话是这家的媳妇说的，怀里抱着一个小小的婴儿。灵湘听了低着头笑，对一旁的舅妈说声谢谢，那女人不好意思地把手埋进了围裙里。

"有鹅吃喽！"这时小妹抓着碗从偏房跑出来，大妹拉不住她，小姑娘险些磕到门槛上。

"唷唷，大妹，要你看好她的。"舅妈一把拉住小妹，"过来吃饭，你姆妈出去以后真是越长越小，今天吃了鹅肉还一定要吃青菜，不然奶奶打你。"

大妹低着头揪着小妹背后的衣服走到桌子前，她俩也不坐，盛了菜饭后就站在屋檐下吃。母亲拿着饭碗回祖屋招呼云秋她们过来，大舅家的儿媳妇不晓得走去哪里，一时之间房子里只剩下灵湘一个，她坐着有些不自在，便也到屋檐下，蹲下身，看着两个小姑娘苦大仇深地扒饭。

大妹头发分成两缕，分别扎了两个丸子在脑袋上。小妹头发还少，只有两个发揪。灵湘越看她俩越觉得熟悉，便问起姓名来，大的叫"子萱"（音），小的叫"子蕙"，她又问是哪个"子"，大妹答是草字头的"子"。灵湘想了一会儿，可能是小孩子嘴巴不清楚，她说的应该是"芷"。

"萱草忘忧，兰心蕙质，你们俩的名字挺好的。大妹，小妹，我是姑姑喔。"灵湘笑着对她俩说。

"你跟小伢儿说这些，她们哪么能懂。"这时姨妈们来了，周云秋的声音率先穿过大门。她踏进来，轻车熟路地找到自己常坐的主桌位置坐下，舅妈跟在后面布好筷子。周芸心和母亲后一步进，跟拿碗的舅妈道了句"谢谢燕姐"。舅妈的名字里原来有个"燕"字，灵湘想着。

"湘湘，过来坐！"

"不用了，舅妈，我跟大妹小妹一起吃。外婆呢？"

"外婆吃过了。"

灵湘点点头，继续吃饭。舅妈脚步不停地到另一间房子里去了，不一会儿传来窸窸窣窣的声音，隐约还有几句数落。灵湘不解，望向母亲，一旁的周芸心插上话来，说这家媳妇彩妹儿是个懒汉，没把孩子奶好，都快八个月了，还长得小小一个，舅妈管几个小的还要管大的，累惨了。

灵湘没有搭话。

<h2 style="text-align:center">五</h2>

听到有人叫吃饭，小姨和月月姨都站起来，邀着我一起去。我晓得二姨婆家的菜好吃，但又不知道哥哥跑去哪里了，家里知不知道我在这里。小姨看出我的顾虑来，拍拍我脑袋说："你爹和姆妈都会来的。"

她深吸了一口气，仿佛是下了什么巨大的决心似的，踏了出去。月月姨拉着我，眼神里露出一丝忧心："不晓得瑶妹儿又发什么癫。"

我们慢慢穿过庭院，到了厅堂外，只见雕花木门敞开一半，阳光穿过去四散成线。佣人们进进出出，钵子、盘子还有热气腾腾的菜像是排着队的游鱼。我拉着月月姨的手一紧，这样的场面我只有在过年吃夜饭的时候看过。透过门，能看见影影绰绰几个人形，我晓得那是舅公和姨婆们，他们老到快朽掉了，总让我想起祭祖时看到的牌位，可是明明二姨婆年纪也不小。舅公们抽烟枪，我最讨厌他们拿那满口黄牙的嘴亲我。

几个立在旁边的婆婆见了我们，便引去厅堂外面的座位，和家中几个姊妹坐在一起，唯有小姨一个被带去房内。我踮着脚张望，人群密集，始终看不清，同桌的姨妈姐妹们说说笑笑，声音嘈杂。没过一会儿，听见厅里"铛铛"几声，月月姨抱起我，说二姨婆在祭祖了。

我模模糊糊见着二姨婆的身影，她把白饭和酒均匀放在每一个碗和杯子里，她手极稳当，每一瓢都带着无可置疑的力量，一旁端着饭碗的是在她身边多年得她信任的婆子。分完，她刚刚好回到主桌的正位，以她为线，两边齐齐整整站满了人，而厅堂外的人群也忽地一静。我发觉姆妈和哥哥坐到对面那桌，她示意我不用过去，和月月姨一道就是。

二姨婆立在那里，对着桌子作揖，一边念叨着什么，我想无非是求祖宗保佑之类的话，如果我记得不差，接下来她会将饭和酒汇到一个瓷碗和瓷杯中，放到供桌上去。

这时她对小姨招手。

不同寻常的事情发生了，我从一旁抽气和议论的人们脸上得到这一讯息。在我们这座小城，有一条天经地义的规则，能吃鸭脑袋的和能摆供桌的是最为尊长的人，或者是一家之主，其他人多动一下筷子都是对祖宗的大不敬。二姨婆对一个小辈招手，要她在摆供品的时候搭一把，是一个风波的信号。

二姨婆高举起碗杯，她如树藤虬结的双手捧着粮食和酒，而小姨从屏风的阴影里现身，她低着头，嘴巴动了几下，我伸长脖子也看不清二姨婆的脸色。

一旁的舅公站不住了，大声喊："吉时要过了！"他颤颤巍巍跑上几步，欲揽过二姨婆的手，直接往供桌去。二姨婆瞥了他一眼，手肘一摆挣脱，道："滚开，不成器的，屋里哪一个伢子不是学的你。"

她偏过头，定定望着小姨，这句话几乎是说给所有人听的："你说要过问你娘的意思，很好，青瑶，你不要忘了是哪家养的你。"

小姨立得很正，对二姨婆点点头："不会忘的。"她说完鞠了一躬，转身从厅堂里踏出来，径直走向我们这一桌。我看着她，听不见任何声音，小姨从木门的暗处跳出来，她的头发在正午的阳光下如金线飞舞。

如果说小姨在我这里是个故事，那二姨婆就是传奇。别看她常年穿着洗到快脱色的青色上衣和褐色裙子，一头斑白用个木簪子盘着，早年她可是艳冠四方。二姨婆名叫"玉凤"，有个花名叫"凤凰儿"，她还没到出阁的年纪，媒人都把唐家的门槛踏破了。每当赛龙船的时候，玉凤的窗子总是牵着所有少年的眼睛，要是谁能唱歌唱开了她的窗子，足足可以炫耀半年。这不是我胡说，二姨婆在酒桌上总在别人顺口一句夸赞后讲这些，她是坐在主桌给我们讲故事的唯一的女人。

"凤凰儿"最后停在一杆枪上，娶她的是百里外一家同姓的军官。二姨婆有一天在窗边绣荷包，不知哪家的浑小子约了一窝土匪过来抢人。我们这儿常有这样的事，若有女孩心有所属，但家里瞧不上男方，就可以出此下策，抢走了家里哥哥们会佯装去追，其实是送嫁。二姨婆反复强调她与那个名字都不知道的小子没有关系。她被绑上了一条船，巧的是被在河边训练的新兵瞧见了，他们的教官骑着快马连发三枪，带着一群扛枪的少年追着船跑。土匪们抽出刀来在姨婆面前挥舞示威，二姨婆趁他们不备，用藏在衣襟里的小剪刀划了浑小子一道，她带着半截绳子跳下水。

那个开枪的军人成了她的丈夫，湿淋淋的二姨婆被他抱着出了水，她在昏过去之前问到了他的名字。

于是所有的事情似乎都顺理成章，绣的鸳鸯荷包归了他，亲事也应了他。二姨婆跟着家里的夫子读过书，一直想上学却不得许可，他知道后给请了夫子，这军官是留洋回来的。不久后，他俩办了婚礼，很快，儿子就出生了。

那年过年说到这儿，二姨婆停了下来，捧起手边的粥喝了一口，她晚年信佛，在主桌上不喝酒也不吃肉。如果没有北上的战争，二姨婆一辈子都会活在这美梦当中。丈夫奉命出征，临走时带着荷包，回来时只剩下半个。二姨婆攥住信物哭倒在码头，一旁齐腰高的儿子默默不语。这时候她总要骂起家里不争气的男丁，她说，那时候她是九头牛都拉不回儿子当兵的劲头，你们这群崽子，真是成不了器。

我的这个当了兵的舅舅和他的父亲一样死在了军营里，这次不是因为战争，而是换防时的械斗，他护住了战友，自己却死在乱刀当中。二姨婆年年都去上坟，即使腿脚不便，实在爬不了那么久的山，抬也要抬上去。那两座墓碑修得很高，远看像两杆长枪深深扎进土地里。

至此，二姨婆的故事本应结束了，她穿着送葬的白衣回了家，当时不过二十五六的她很可能成为一座活的塑像，长长久久地在深院里磋磨。可当时一封家信快马加鞭传来，二姨婆的哥哥，也就是我的大舅公，赌钱输了过半家产，又吸上了鸦片膏，家里因此闹得不可开交。

二姨婆擦干眼泪跟婆家辞行，不想此次一去就再没回来。她身穿素服闯进家门，把躺在床上吞云吐雾的大舅公拉起来，扯着他的耳朵进了祠堂，舅公昏昏沉沉毫无反击之力，跪在祖宗面前一言不发，二姨婆骂了他好一阵，半晌，跪下来立誓，一定不让唐家就这么败落了。

二姨婆一世都活在这个誓言下面。

嫁出去的女儿回去管家是不合规矩的事，母亲跟我讲过，那时候几个舅公没少给二姨婆使绊子，要把她赶回婆家去。二姨婆是个心肠硬的女人，让舅公们拿走他们想要的东西，她只要一个绣坊，舅公们欢天喜地地瓜分了家中所有贵重的东西，剩下空落落的祖屋和一群抽抽噎噎的姐妹们。二姨婆像男人一样在窗前抽了一夜的烟，第二日天光破晓就带着女人们去了绣坊，她一个一个地矫正绣样，坐着船跑遍临近的布庄，不久就带回了省城那边的大师傅和更精细的乱针手艺，没有人清楚她用了什么手段。

之后的事就不用多说了，二姨婆把失去的东西一样一样拿了回来。唐家的花纹绣样无法复制，谁出嫁的时候不带上一块唐家绣花就跌了面子。我记得出自大师傅手艺的盖头上总会有一朵由金变红的花，那是用一根丝线绣成的，一针都不能更改。

六

"湘湘！看路，莫跌了！"母亲在前头唤了，她把手伸过来拉住灵湘。

"晓得的。"

今天是一家人上山的日子，除了清明时候也就只有过年人能这么齐全。往年翟灵湘是不上山的，地方的老规矩害人，像她这种姓氏都不一样的小辈只能去看看自己故去的长辈，要是想祭祖，那可不大行。今年特殊，家中同辈的哥哥姐姐都在外地打工，上一辈的舅舅们病的病，不在家的不在家，于是周家的姐妹们带着她这个姑娘上去了。除了周云秋、周芸心，这几天家里还到了几位姨，灵湘不常见到，就一口一个"姨"全喊了。

一行人带着不同颜色的花圈和鞭炮、香烛、供品，在蜿蜒的山路上行走着，灵湘从来没在这座小山上见过这么多人，大家见了或是不小心撞了，都显得礼貌和谦让，纷纷低着头继续往自家地方走去。燃尽的香灰如细雪，飘满了整座山，远远能听到几声鞭炮响。

周云秋一个人在最后大声打着电话，不知道是哪位朋友耳朵如外婆一样不灵敏，累得秋姨扯着嗓子回话："哎呀，刘总，在哪里潇洒……"不一会儿，她人都不知哪去了。

几个走在前面的姨笑说："三姐啊，年年都这样，她等会子肯定又走到别个那里去了。"

"那七妹不也是，年年都头痛病发作。"

"莫乱讲，她不是在家陪老母亲。姆妈腿不方便，耳朵又听不清。"

到了外公的墓碑前，灵湘找了一块平坦的地站好。这是去年新刻的碑，尺寸大了一倍，上面增了些吉利的神兽雕花，后辈们的名字也都添了上去。她在末尾找到了自己快埋进草里的名字——"玲香"。

母亲在一旁扯杂草，她跟过去帮忙。只听母亲抱怨，那刻碑的师傅糊涂，明明写了名字过去，之前刻错，现在又刻错。

周云秋被寻过来了，她把手机揣回兜里，连连感慨山路被人踩滑了，她一个人走着走着就过了头，明明是最先的，反而最后到。

大家也没多说什么，各自拔草、摆好香烛供品，围着墓碑后的土坡摆了一圈鞭炮放了。几人按着来的顺序在外公面前磕了头，姨们说老父亲保佑，家里这个幺儿读出书来了。

女人们拜完这个便往山的另一头走，是周家几位老太公和他们的妻子的所在地。路上又说起名字的事，当年身边的小伢儿，不像周家，还有个从祖宗规矩传来的"云"字，或者即便他们有也不这么叫，都取的"建国""伟强"什么的，女的就取"梅""芳""艳"之类的。周家屋里就不同，老大是春天生人就取了"初"字，老二和稻子一道长起来就是"苗"，老三是中秋生的就取了"秋"字等等。

"可你那个没来的七姨就惨咯。"

灵湘偏过头，望着说话的这个姨。

"七妹她呀……你外婆那时候被拉到农场做工，忙得头都是晕的，外公被打得头破血流游街。七妹是我们几个带大的，小时候个子小小的，到了读书的时候，家里还'老小''老小'地叫她。老师问叫什么名，大家回'老小'，老师都笑了，说要不选个声音相像的，就在纸上写了几个字。你七姨就挑了笔画最少的'心'字，那个'芸'是后来她干姆妈改的。"

灵湘又问起母亲名字的来由。

"你姆妈的名字也是有味，因为那年出了丑，第二年她上学的时候，我们一只手拉一只手，跟七妹在路上就商量好了名字——周云九，九妹妹嘛，笔画又少。外婆回来气得，没法子，名字已经录上去了。"

又有一个姨补充道："你妈就是七姨带大的，她几岁的时候我们几个出去读书了，也要娶亲嫁人了。七妹还是小小一个，背上就背了那么大一个妹妹去田里做事，她头都回不了呢。"

　　灵湘心中听着一震："那后来她和我姆妈的名字都不一样了？"

　　这时候母亲说话了："我读到高中毕业就改了'舒'。七姐嘛……"

　　这桩陈年往事几人似乎都不怎么愿意说道，周云秋又被不知道哪儿来的电话纠缠上了。快到下一座山头的时候，几个姨看自己三姐又远了些许，才与灵湘说了些许。

　　原来七姨曾被过继到同宗的一家人那儿去。当年适逢大旱，家里没得粮米，又添了一个只会吃做不了工的小妹妹。大人一个远在另一个地方的农场，一个总在养伤和改造，姊妹几个实在过不得，妹妹小时候都是穿着各个姐姐改的衣服长大。这时一个叔叔说家里没得女儿，想要过继一个，大舅、二舅一合计，那就是最小的妹妹给过去了。可最后过去的并不是她，因为小妹妹性子烈、不懂事，在叔叔来送东西的时候，把装了豆子的碗砸得稀烂，把衣服丢到河里，拦都拦不住。过了几天，饿呀，没办法，还是得给个人，七姨就去了，是周云秋最后送的她。

　　"那外公外婆能答应？"

　　"那哪么搞？外公躺在床上养伤的时候我们流的泪够多了，到那时候已经流不出来了。外婆也难过啊，七妹在那边有一样做不好也挨打，后来等那家老掉了，好不容易才回来的。"

　　"你不晓得，她小时候成绩多好，人又乖，哪个愿意送出去，哎——"

几个姨停住了脚步，太公的墓地到了。这是灵湘第一次来到这儿，石碑后的松柏长得茂盛，落下成片的松果，碑是新砌的，字都透亮。母亲又招呼她去前头扯草，灵湘在忙碌时揣了几个松果到口袋里。不知为什么，她很想把这东西带给家里的小姑娘。

七

之后几天，跑去找小姨时，我闻到若有若无的香火气味，我疑心她偷偷上了山，去别人祖坟见她那苦命的娘，过了很久我才知道并不是那样。香火味还让我想起二姨婆祭祖，她颇爱排场，或者说必须做出声势浩大的样子来。我至今记得那场景——在一路蜿蜒的山路上，人们举着红白两色的纸花，头前的老人像一匹老马，拉着巨大的秤砣攀在山上。

我央求着母亲带我去水边的庙里玩，她不肯，我便又跑到小姨这儿来撒娇。天气晴朗，她换下了那身女学生的蓝衣黑裙，穿着杏黄衫子坐在绿窗下写字。听到我的请求，她搁下笔，说："阿沅这回学会写自己的名字了吗？我临走前教过你的。"

我摇头又点头。

"上来，写好了幺姨带你去。"

　　我忙不迭爬上椅子，坐在她膝头，歪七扭八地画出几横几竖来。小姨看了，把着我的手，在黄纸下端端端正正写下三个大字："刘静沅"，我耍赖说学会了，小姨摇头，扶住我的手腕蘸墨再落笔。我偏过头，细细的光影落在她额头，点在她眼角的痣上。

　　"沅有芷兮澧有兰，静沅的名字很乖，字也要乖一点，写得不好没关系，一定要写大。"

　　"什么乖呀？"

　　小姨停了笔："就是很好看，不是'乖'。"

　　乖不就是好看，土话都是这样讲。我笑着问："幺姨，我是说你刚刚唱的那句诗。"

　　"啊，就是说我们门口那条河叫'沅水'，它的两边长着各种各样的香花香草，'静沅'就是安静、好看的沅水。"

　　我自顾自在纸上把"刘"字最后一划拖得老长。

　　"那幺姨的名字呢？"

　　"幺姨的名字……"她的声音渐渐低下去。

　　后来我才得知，"林青瑶"这个名字还是二姨婆给取的。小姨的母亲在家里排行也是最末，在一个大雪天生下了她唯一的女儿。那天傍晚，雪下得没到小腿肚，二姨婆提着红灯笼上门，望见新生的小女儿笑道："你是最小，她也是最小，两个都是幺幺。"二姨婆无心之言却一语成谶，小姨果真没有任何亲生的弟妹，成了幺儿，而在其他人看来，小姨更像是二姨婆的女儿。

我的诡计最终得逞，只学会写好一个刘字的我被母亲和小姨带上了山，哥哥也去了，他一个人冲在前面。

到了那座黄泥巴砌的小庙里，小姨牵着我去给门口的土地公作揖，她讲这山上是他的家，进人家屋里要先打声招呼，放些黄纸做见面礼。行过礼后，小姨推开了庙门，登时灰尘四散，在阳光里打着回旋。上一场庙会剩下的红布还挂在横梁上，用以吃茶的碗摞在桌上，哥哥蹲在小椅子上瞧我们走进来，母亲骂了他一句："没规矩的。"

我抬起头，灰暗的庙里渗进一片黄澄澄的光，正对着我的是一位白衣女神，脚踩红莲，手持玉瓶，一群圆脸的孩子围着她衣裙下摆嬉闹。她眉目舒展，嘴角含笑。

我一手拉着小姨，一手拉住母亲，问："这个姨姨好像我幺姨呀。"

"莫乱说。"母亲打开我的手，转而环抱住我到那神像前作揖，"这是你干姆妈，送子观音。"

母亲抱住我念念有词，颠来倒去也就一句"保佑保佑"，保佑我无灾无难，保佑我一生顺遂，之后像幺姨一般读出名堂来，再寻个好人家。哥哥在一边望着我笑。

小姨听母亲念完祝词，淡淡说了一句："四姐，像我可不好，以后呀，阿沅自己成个好人家，莫要等着别个。"

母亲打趣几句，又抱着哥哥去作揖。他是大孩子了，不愿意母亲抱，兔子一样蹿过去，晃几下头，就算拜完了。

母亲走时在佛像前摇了一签，小姨看了说是"柳暗花明"

的好兆头。我撺掇小姨也去摇，她拿着签筒左倒右倒就是出不来，我做主给她抽了一签。看着木条，小姨微微蹙眉，我暗道不好，说这个不算，是我抽的。

"小伢儿不抽签的。"

我小声问她："幺姨，那是不是很不好呀，不好的都不灵的。"

"静沅，这上面写的'卧冰求鲤'，你莫学。"

小姨在回去的路上跟我讲了这故事，我偏着头不解，说王祥是好心的，为什么不能学。小姨说他"迂"，我问"迂"是什么，她停下来，摸摸我的辫子，说，就跟阿沅现在这个样子一样，憨。

小姨又借着别的事笑我，我不惧她，定要笑回去，说她也"迂"，像个石头，时而冷冰冰的，时而硬邦邦的，不像山上的树。

"树哪么了？石头又哪么了？"小姨看把戏一样看我。

"树……树春天里都会长叶子，它就不冷了。石头就长不出来，"我眼角余光里突然闯进了一个歪倒在路边的石像，"姨，你看那里——"

她的脸定住了，水中游鱼般的眼睛一滑："四姐，四姐——莫追那小子了，听听阿沅讲话，哎——"

听我讲话的结果就是，我和哥哥两个把"怕冷"的石头搬回了庙里，反正菩萨不会怪小孩，多一个说话的也好，母亲笑着由我们胡闹。下山的时候，我在山林中隐隐约约看见水边一座灰白色的塔，我问母亲可不可以去那里玩，母亲说天色晚了要回去吃夜饭了。

不久后，小姨就去学校了。临行时排场依旧很大，她被二姨婆牵着上了龙船，站在船头遍寻我却找不见。母亲害怕我当场闹起来，叫哥哥引我去沟里摸鱼，可我还是晓得了，等慌慌张张跑到码头时，船已经行得很远了。

没有小姨的日子里，我常跑去月月姨那玩。她嫌我，说小姨在时找小姨，她不在了才来寻她。我说，是因为月月姨绣花太忙。

那天我急匆匆跑到绣坊，那房子修在种满竹子、芭蕉和杜鹃的地方。支开木窗子就能看到沾着露水的红花从芭蕉叶子里探出来，而到了下午，竹子的影子会透过窗纱映入房间。

月月姨见我来，背过身去不理人，我凑到她的针线篓子旁。今天她绣的是两条金鱼，一条大红，一条金黄，在荷叶底下甩尾巴，激起水面层层涟漪。

"走开——针扎你。"

我拱到她的绣绷旁边："月月姨，这个金鱼好乖，是谁画的花样呀？"

她"哼"了一声："还不是你那个小姨画的。"

月月姨是小姨最小的姐姐，俩人一起长大，小时候她们滚到鸡窝里打架，长大了反倒是一个读成了"大小姐"，一个成了远近闻名的大师傅绣娘。绣花这本领，我们家的姑娘自小就学，也是二姨婆立下的规矩。虽说现在有了名声，十里八乡擅绣的女子都是唐家的绣娘，可发家的东西不能丢。讲到这，月月姨抽出一根细线劈了一劈，穿进了金鱼的眼睛处。

小姨学绣花的时候闹了好大的笑话。

当时出名的绣工师傅带着她们到屋里挑针线和图样，小姨选了一幅兰花的，月月姨瞧中一幅海棠的，两人搬了椅子坐在庭院里比，看谁绣得好。小姨图快，线都没有劈好就开始绣了，还犯了补针的忌讳，空谷幽兰给绣成了长枝稻穗，师傅见了，"啪"一声把她的手打掉，整个拆了让她重来。小姨一边掉眼泪一边劈线。反观月月姨那边，师傅一摸绣面，连道"灵性"，第一次学，她就几乎没有废针，乱针把海棠花层层叠叠的颜色绣出来了，表面还很平整不硌人。等几天后，绣成了型，师傅还嘱咐她莫要落下，以后有空绣了拿给她看，要她买下都行。小姨知道了又哭了一阵，月月姨笑她是拿眼泪绣花。

小姨长大后少动针线，倒是图样画得多，常常勾勒一篓子存着给月月姨绣。我每次看到她俩在一个屋里就不自主放轻声音。透过木门和屏风隐约瞧见，小姨在桌前拿墨笔勾画，月月姨坐在一旁的软凳上挑颜色，时不时抬眼瞧瞧她妹妹画得如何，那些分好的丝线垂落下来，像波光粼粼的小溪，又像河边偶尔停驻的翠鸟。

小姨不在时，我听绣娘们议论，说她其实绣得不比月月姨差。绣娘是这样讲的："你小姨呀，被说了以后心里过不得，晚上偷偷点着灯绣，把半夜巡院子的人吓了一大跳，又以为她受了委屈，衣服破了没人补，一个小幺儿半夜爬起来做这个，作孽。谁知道是她不服输在那较劲，喔唷，你们可不晓得，她半个月硬是把一幅兰花蝴蝶给绣好了，很成样子。"

我又问她，那为什么小姨不显得绣花绣得好哩？

有一个绣娘答我："沅妹儿，就像花里有牡丹、芍药、海棠还有你小姨的兰花一样，每种花在不同时候开，谁也不抢了谁的风头。"

我没明白，既然都是花，那每个人就会有每个人的心爱。绣娘们笑说我憨，又忙起针线活来。

月月姨的手挽着细线翻转，比唱戏小旦的手把戏还复杂好看，天上的流云，林中的彩蝶，都被她那一只手拂过。我看得入迷，屋里进来了一个绣娘都不曾注意。

"灵月妹儿，你看看新出的样子，哟，这是哪个画的？"

进门的绣娘包着靛蓝的头巾，月月姨搁下绣绷起身跟她说话，看着我在，绣娘多说了一句："夜饭快好了，阿沅一起吃吧。"

月月姨睨了我一眼："就惯着她，连家都不晓得回哩，等会儿是不是还要跟我困？"

我咧开嘴傻笑。绣娘也笑："沅妹儿，困一回少一回。"

月月姨还没听完，就一手捏住姑娘的脸："有夜饭吃还堵不住你的嘴！莫听她乱讲。"

我以为绣娘是在笑我，没在意，拍拍手从软凳上跳下去拉着她俩出了门。饭后才知道，她近来在议亲，男方是船老大的儿子。两人第一次见面隔着鹊登高枝的屏风，月月姨抚摸着鲜红的梅花枝子，偷偷瞧了那人一眼。

"那两只喜鹊绣得极好……"

"是喜鹊绣得好还是人长得俏呀？"绣娘收拾着碗筷。

她偏过去不答话，一条晚霞飞上了她的耳根。绣娘又说，灵月这些天绣什么都不上心，唯独在意帕子、盖头的布料，她看呀，是急着要做新娘的红帕子了。

月月姨不搭腔，半晌才道："没有急，要等等。"

绣娘倚着门笑她："你瑶妹妹又说那些怪话了？莫听她的，她小些不懂，莫拉着你成了老姑娘。"

其实小姨除了说怪话以外还做了不少怪事，比如劝人放脚、给人立传、教绣娘写字之类的。有好事者去问过她缘由，她说不远的津市都有母女一同上学的佳话，我们这儿也可以有绣娘认字的美事。大家连道小姨是个操空心的性子，有几个绣娘倒是会用针线绣自己的名字了，不过也仅止于此了，她们说有这闲心不如回去多打几副鞋样子，那墨笔滑得很，不如针来得稳当。

夏天房里总带着挥散不去的热气，月月姨支开窗子，月光随着夏风一道吹进来，惊起粉尘上下飞舞。她在枕边寻到蒲扇，顺势躺在靠外的那一侧，我窝在她怀里，风细细吹开头发。

我要她讲故事，她笑着问是不是又是《白蛇传》。我最喜欢这个故事，每每听到白娘子被压在塔下就啾个不停。第一次在小姨那听到时，我还"哇"的一声哭了出来，吓得她手忙脚乱抱住我，念到他俩以后成了神仙，儿子也高中状元。我听了又难过又气愤，含着泪大骂法海，缓过来以后又问："做神仙就能一直在一起吗？那我娶了小姨好不好？"

听了这胡话，小姨晓得我困懵了，没应。

那晚，我摸着月月姨的脸点头，她打着哈欠又讲了一遍。不过这次压在塔下的是小青而不是白娘子，我说她讲错了，她说这是新花样，白娘子和小青情深义重，谁压在塔下，另一个都会拼了命去救的，我和她理论许久后睡了过去。

梦中我似乎听见雨落的声音，睁眼看，却见月月姨在流泪。她平躺在床上，蒲扇遮脸，双手在胸前交握着，泪水蓄满了眼眶，实在积攒不下了，便一颗一颗涌出来，再变成一线，变成一道，缓缓流入鬓发中。

我借月光看清她潮红的双眼和脸颊，似乎还有一道水汽在她额头上绕圈，这一切都像梦，我不知道她在我睡去后，独自哭泣了多久。

我抱住月月姨，说不出一句话来，模模糊糊听见她哽咽的声音，一阵恐惧袭上心头，我觉得我快要失去她了。

八

翟灵湘这几天和大妹、小妹混熟了。

她除了上山以外没有别的事情，母亲和姨妈们似乎也是，

　　她们在家陪着外婆，平日不是打牌就是去集市逛逛。外婆腿脚不便，家中没人时就一个人拿着一整副牌翻来覆去，摸一个猜一个，直到把整盒都数完，有时候还自己跟自己打起麻将。她一个人好得很——这是舅妈说的。

　　这几天来了人，外婆牌瘾来了少不了和女儿们打上几场。初春天冷，她们几个便在祖屋里摆上装有炭盆的桌子，盖上棉被玩牌。

　　舅妈可就没那么闲了，每天她都仔细守着大铁门，进进出出都是她开关，这是为了防止屋里两个小女孩乱跑出去，被别人抱走。可舅妈也有忙不过来的时候，灵湘看她家儿媳妇也养着孩子，便接过了带小姑娘的活儿。

　　两个小姑娘要睡到日上三竿才起，拿一条家里共用的毛巾小猫似的擦了脸就疯跑下来，早饭不好好吃，午饭基本不吃。乡里的习惯是每天两顿饭，听母亲讲是以前收成不好留下的习惯，再加上地方荒僻山沟纵横，出去送饭也不方便，久而久之早上那顿就对付着随便吃吃。这可给了小姑娘可乘之机，舅妈忙着做午饭时，两个悄悄摸进祖屋这边，跟老奶奶、姨婆们好言好语说几句就能吃大把的糖。灵湘见了可气又可笑，忙拉着两个去厨房。

　　外婆瞧见了，从冰箱顶上拿来一罐什么，塞给她说是"麦乳精"，灵湘拧开一看，原来是水果麦片。外婆还保留着很久以前的称呼。于是灵湘烧了水，给大妹、小妹泡开吃了。

　　接下来的事情就简单了，灵湘领着两个去另一边房子做游戏，周芸心在街上给小辈买了一大盒"过家家"的道具，大妹做主厨，小妹做帮工，一玩就是一下午。在允许的时间内，她俩还能看一会儿电视，用舅妈的话说是"社交的需要"，因为没有看到新剧情的话，到上学的时候是会被其他孩子耻笑的，灵湘也搬了个板凳跟她们看小马"宝莉"的故事。

这天灵湘给小妹讲故事，拿着写着她姐姐名字的书。小妹尚未识字，普通话也说不清楚，两个人讲着讲着总在卡壳，大妹似乎跑去找舅妈了，这个翻译不在，她俩只能大眼瞪小眼。

灵湘没办法只得一边讲一边描述，故事说的是一个水中女妖求美不得，诅咒喜欢的少年遇水而死，果不其然，少年溺水消失，他的未婚妻心痛不已，用声音和美貌与女巫做了交易，最后换回未婚夫。灵湘说这个女妖就相当于法海，见不得人间真爱，小妹问法海是谁，灵湘只得讲起《白蛇传》来。

"白素贞和小青就是姐姐和你，记着了……"

故事结束，小妹问起雷峰塔是不是跟大河边的白塔一样，灵湘点点头说还要更大。小妹又说法海和女妖也可怜，他俩成一对儿好了，不过要委屈女妖，她喜欢好看的，算了，还是不成的好。

灵湘和她相视一笑。忽地听见祖屋那边传来声响，她拉着小妹的小手走到门边。不知怎么的，秋姨和七姨争了起来。

"我那张'小十'根本没打出去，只是盖起来放在那，风吹的。"周云秋敲着桌板说道，"我都快听牌了，你乱讲什么。"

"三姐，你年纪大了，看不清，大家可都看着的，都是做姐妹的，上一盘你说打错了收回去，没么的事，这回牌都落地了……也就几毛几块钱的输赢，我们又不讹你的。"

接下来就是几个姨用土话劝架了，有人推了推周芸心的手臂，她掩过头去，不看自己姐姐们的神情。灵湘探了探脑袋，母亲和外婆都不在屋里。灵湘默默拉着小妹往大舅家走，她想起母亲前些年跟她抱怨过，家中姐妹一起做什么都好，包粽子、做年饭、带崽，就是做不得牌搭子，谁给谁多打了一张，有的姨是会记到心里去的。

"要是都像你外婆就好了。"母亲把头发往后捋，"她呀，好听的就听到了，不好的从来都听不见、看不见。"

灵湘和小妹还没走到另一间房子里，又听见一阵喧嚣。一个小孩正抽抽噎噎地哭着，伴奏着的是扫帚和巴掌声，灵湘忙推开门，正是大妹被舅妈教训。舅妈一手拉着扒在墙边的大妹，一手倒拿扫帚，用棍那边铲她腿，嘴里念念有词："还不长记性！还不长记性！"

"奶奶——"小妹藏到灵湘身后。

舅妈一看灵湘来了，停了手，又起腰说："这小崽子不听话，硬要拿我手机，说是跟她老娘说话，呸，又在玩游戏。看到我在看，就跌下去摔碎了。这已经不是第一回了，次次要你爹拿去镇上修，修的钱都能换台新的了。真是不打不长记性！"

大妹在后头蹲下来，眼睛哭得通红，两个挽起来的辫子塌得高一个低一个，鼻涕掉到下巴上去。

灵湘走进屋子，先扯了纸去抹大妹的脸，她气性大得很，甩头拒绝，自己拿着纸擦眼睛。灵湘抿着嘴，从橱柜上拿杯子接了温开水，递给舅妈。

"舅妈，我们过几天去镇子上帮您看看有没有质量更好的手机，大妹还小，喜欢玩，下次您规定她每天玩个一会儿，她就不会偷偷搞了。"

舅妈喝口水，转身拉来板凳，示意灵湘和自己一道坐下，说："湘湘，舅妈累啊，你舅舅还在医院里养病，背时的，儿子总不打个电话回来。这两个崽子的老娘呢，丢手丢得太早了，什么都没教会，大妹都多大了，饭都吃不好，越长越小。我那个儿媳妇彩妹儿，喔唷，还是个读过书的咧，总不做事，只打牌，你看这大白天的，都不晓得走到哪个牌桌子上去了，她女儿，八个月了，有人家屋里五六个月的大吗？"

灵湘坐在另一头陪着舅妈叹气，两个小姑娘站在一边。小妹见姐姐哭得难过，踮着脚把她头发理顺了，姐姐还是拧着，一个人跑去房间里面。小妹只得走回来，小声跟灵湘说："姐姐跑进去了，她以前摔碎过两回。"

舅妈苦笑。

灵湘扳过小妹的脸问："大妹是不是经常照顾小妹呀？"

小妹点点头。灵湘又说："那小妹也要照顾一下大妹，你等会儿进去跟姐姐说说话，以后记得提醒姐姐小心手机。"

小妹愣愣地"嗯"了一声。

九

当年三进宅子之外的风雨很少落在我身上，但我也感受到了一些不同寻常的事情在发生。午后，我常在父亲膝头躺着，听他读报纸，时不时还被抓来认几个字，我手上总是沾上黑漆漆的油墨，我好与他玩，经常反手就抹在他脸上。那段时间，他的叹气声越来越多，一点一点渗入了这座小城。他讲北边乱了套，一堆人分成几边打作一团。

还没等他抱怨完，门外就有人喊了："刘大夫，我屋里那个伢儿——"他回答道："晓得了，晓得了。"父亲提起小药箱就出门了，临走前摸了一把我的头发。

骗不骗鬼我不晓得，唯一可信的是小姨辗转之下又回来了。秋风乍起，码头的芦苇荡伏倒又站立，我飞奔向那艘小划子，薄了一圈的小姨站在船头与我招手。

这次回来有一件大事，月月姨的婚期定了，不到月底就过门。听闻这事后，家中的少女们都跑进她的屋子东看西瞧。我的目光在一块铺盖上流连许久，上面的花样是两只水鸟，在莲叶边嬉戏，一只在前回头张望，一只在后刚从叶中钻出。小姨说是"鸳鸯"，我悄悄摸了一把，果真是月月姨的手艺，羽毛根根柔顺，仿佛是粘了真的上去。

等女孩们看完稀奇，小姨拉上门与月月姨说话，把我也赶了出来，我噘着嘴不应。月月姨道："阿沅怎么老是缠着我们呀，家里的姐妹兄弟多得很，还有你哥哥呢。"

　　小姨笑了一声，"她呀——我们家也就她这一个女娃是野惯的。"她俯下身，"阿沅，你哥哥今天在东边看把戏，你寻他玩去。"

　　我一听，脚就不自觉往外迈。等到东边，只见一群人围在坪上，我哥和一群少年趴在一旁的树梢。他远远瞧着我来了，便荡下来迎，小声问我："是姆妈知道了吗？"

　　我云里雾里答道："是幺姨说的。"哥哥若有所思地靠在树上，念叨几句："幺姨？我还以为是月……她哪么晓得？"

　　半晌我才反应过来今天是他上私塾的日子，这时候我已经被他举到树上去了，上边接我的少年一头青皮，是"小皮猴"，真是的，自己爹的书都不读，他招呼道："沅妹儿来了呀。"

　　我没空搭理这群嬉皮笑脸的猴子，只定睛向下一看。坪上搭了个台子，一个身材修长的粉面女旦正在唱着，她身着藕色长裙，外披金黄衫子，腰间别了一圈荷叶。她唱道："瞒着爹娘来洗澡，恰缘遇着范启良。一身四体你观见，这样羞耻如何当？放下架来把话讲，范郎哥哥听端详：奴家终身许配你，请郎下树结成双。你若今日不成双，定要把你送秦王。一送送到宫殿上，那时莫怪我孟姜。"是傩戏《孟姜女》。

　　女人边唱边解下那金黄色的衫子，坐在了戏台的边缘，有人放肆，伸手去摸，她衣服一甩，抽在那人身上，打了一个回环，嘴里的戏未停，还是那句"奴家终身许配你，请郎下树结成双"。登时台下一阵叫好。女人眼睛里像是有钩子，目光所及之处都是她钓上的鱼，她扫过了全场，停在了我们这棵树上。

哥哥此刻反应极快，先是捂住了我的眼睛，再捂住了我半边耳朵。我一巴掌打开他的手，偏过头问他干吗，他讲这戏我听不得，"滋溜"一声带我下了树。我个子太小，腿又短，是爬不上那棵大树的，只能与他干瞪眼，哥哥倒是一副无所谓的样子，抱着肩膀靠在树干上回瞪我，等这场唱罢了才抱我上去。台上是一个花脸的小丑满地打滚，我气不过，拧住他的脸威胁要把今天这事告诉姆妈，除非他把捉来的知了、豆娘、蜻蜓儿全都给我。

他当然不依，与我讨价还价，最终定了个半数。于是我心满意足地听完戏回家，哥哥把藏好的包背得齐齐整整，跟着我回来了。

路上他讲，要是小姨回来跟他们读书就好了。小姨还没出去考学的时候，长胡子先生突然害病跑去爹那治，小姨刚巧碰着了，先生托她来管管我们，她应了。小姨给我们讲的故事几得好听，又不像长胡子那样打人手板，她讲着讲着就带我们出去坐船了，说这样读《离骚》才有意思。先生病好以后知道了，悄悄跟我感叹，小姨在我们这儿是留不住的。

那天哥哥照例逃学，姆妈照例在家做辣牛肉和糍粑，爹爹也诊完病回来。家中有新的少女要出嫁，姆妈说到时候要我去送嫁的船头撒花，我心中却没有那么高兴。那个梦一般的夏夜一直在我脑海中盘旋，即便第二天的月月姨还是带着她那天真的笑眼与我玩闹。可每当绣花绣累了停下来时，她会看着窗外很久，有时一阵鸟鸣就能勾去她的眼睛。顺着月月姨的目光去，我发现天井里的花草长得很密了，院墙很高。而我家离水近，我的窗外是一片河水和来来往往的行船，十分开阔，是不是看了能开心些呢？月月姨能来我家住就好了。我这样想到。

终于到了出嫁的日子。

那天水手们装扮好了他们的大船，一条金龙盘旋在船头，龙角上是各色鲜花。他们一只手攀着船帆，另一只不停地朝岸边挥舞，不时发出脆亮的口哨声，新郎官站在最前面，他装束一新，胸口是怒目圆睁的猛虎。少女们早早等在岸边，等船近前了，她们齐声起了一个调子。

"太阳出来哟嗬照白岩哟哝，照到岩上桂吔桂花开，风不吹来哟花不摆哟嗬，雨不淋来哟嗬花不得开哟，妹不招手哥吔哥不来。"

"我要来！"水手们大声和道，把新郎推得更前。

"你要来哟嗬也不难，要你仔细听明白——河上浪头打哥船，雨淋湿了妹的心，问哥一去几时还？"

新郎涨红着脸，旁边的口哨声更响了，他鼓起勇气跟上了少女们的调子，不想第一句就差点唱破了。他答道："妹的荷包身上带，妹的鞋子脚上穿，船要哥走吔哥不走，妹一招手哥吔哥就来。"

"家里菜刀谁来磨？"少女们接连唱了起来。

"我来！"

"鞋子破了谁来补？"

"我补！"

就在新郎官对答之际，水手们悄悄张开了帆，奋力划桨，就在快要到码头的地方了，不料这一边的老水手和男宾合力一脚将船踹离了岸。我和哥哥在小划子上张望着，人群退开一条路，穿着暗红色衣裙的二姨婆和月月姨的父母走上前来，少女们噤声，只听得二姨婆的鹿头拐杖"笃笃"作响。她停在码头前，说道："今天是月妹儿的好日子，大家一起热闹。新郎官，你听到，以后要好好对灵月，她是我屋里最巧的一双手。"二姨婆说完才是月月姨的父母讲话，父亲面色还好，而母亲早已哭湿了帕子。

二姨婆听两人无话，便一转身。人群之后，一个红盖头颤颤巍巍落了轿子，她的哥哥忙扶住了新娘，可月月姨像是摔了腿，几步路走得拐来拐去，我想可能是昨天晚上与母亲和姐妹们哭了一夜的缘故。

这时大船才靠了岸，新郎从板子上跳下来，耐不住在码头等，径直跑向了月月姨，从舅家手里接过她。我看见红盖头上绣着两只开得极艳丽的牡丹花，每一片花瓣都奋力伸展到红色的边缘，仿佛下一刻就要凋落。绣线在阳光下泛着金光。

船上的水手们见此情形高声唱道："太阳出来哟柿树青咧，哥乘龙船哟来娶亲。上身穿的红绫袄，下身穿的水罗裙呦呵咿。红布鞋子登船咧来。"

哥哥抓起我篮子里的花瓣往水边一抛，我也摸了一把糖，往船上那群水手的方向抛去，他们接了嬉笑着说谢谢。我目送着她登了船，刚刚偷偷放在嘴里的糖不如往日的甜。

夏夜闷热的风再次吹拂我的头发，我抬手一摸，竟是一把眼泪。现在近秋了，河边的菖蒲与芦苇倒伏又直立，风渐渐凉了。

忽听得一声惊叫，我循着声音望去，竟是一个红衣女人爬到了船沿，她一把抓住头上的银钗扔向里侧，红色的盖头如秋叶落花一般飘落，紧接着，那女人跳下去。

水手们接连跳水，新郎官趴在船头，怔怔看向水面。那女人游鱼般滑溜，一边游着她的衣裳也一件一件在减少，水手被其所缠，一时几位凫水好手竟靠近不了她。岸边的人群骚动起来，但没有人敢下水，谁也没想到结亲当日新娘跳了水。二姨婆率先发话，要岸边会水的女孩去拉她上岸，无论如何要说个明白。

我正想往水里走，哥哥拉住我摇摇头，在我耳边说道："你仔细瞧。"那女人白净的手搭上了一条小划子，湿发从额头缠下仿佛几条水蛇，红绫袄、水罗裙已经不见了，取而代之的是紧贴身上的白色夹衣。她爬了几下却脱力，苍白的脸泛着青，划子另一头的少女连忙把她拉进船舱。

女人起来时仿佛对我的方向笑了一下，我看清了，那是小姨，然后她昏了过去。

而另一边，新郎官攥着水手们捞起的盖头，金线仿佛红花落下的一条泪痕。

　　这件荒唐事情令二姨婆震怒，她要求亲家公排查所有出行的船，而她差人去问路上的车夫，结果一无所获。倒是谣言愈演愈烈，下游来的水手喝醉了，说水边的妓女脸如何白，在戏班子里看见了与月月姨相像的漂亮女人，醒来一问却说是胡乱讲的。有人说月月姨跟吹唢呐的跑了，有人又说是跟当兵的走了，最离奇的一个是说那戏班的头牌女旦是个男的，月月姨跟他在唱庙会的时候对上了眼。哪么会呢？旁人笑道，都说那个女旦要嫁个当兵的了。

　　我本以为小姨会受罚，不想是月月姨的舅哥挨了二姨婆好一顿打。那人说，出嫁那一清早发现没了人，实在慌张，便把小姨打昏了塞上了花轿，说都是未嫁的妹妹，嫁哪一个都是嫁。我听了觉得奇怪，小姨和月月姨并不住在一处，慌张之余哪里来的心思跑到另一个院子绑人，清晨给月月姨梳头的人竟然没有发现异状，裙子又是何时换的？

　　这一切都没有解答，小姨病了，她落水受了凉，现在她借住在我家。我靠在床边，细细瞧她的眼睫，和眼角那颗痣，我觉得它变长了，更像眼泪了。

十

　　楼底下两个姨争吵时，母亲和外婆两个人正在楼上收拾被子，她们把发霉的翻拣出来，等日子晴了就拿出去晒。整理时没想到还有意外收获，母亲找到很久以前的绣花丝绸缎子来，外婆想不起是谁的，便拿下楼来细看。

那匹丝绸绣的是一只拖着青翠尾巴的孔雀立在开白花的树上，它高傲地环顾四周，脊背从靛蓝过渡到青色，多年过去，绣出的十几只像眼睛一般的尾巴花纹，还能在阳光下流溢出层次不一的光来。

大家从牌桌旁起身，都来看这匹布。

"老母亲真是忘性大，这么好的一块，在屋里放了好多年喔。"

"我还以为姆妈送我们出嫁，就把所有的都送出来了。"

这时候周云秋搭话来："我怎么不记得，姆妈送过我吗？"

外婆瞧了她一眼笑着说："你不记得了，我给过你的，是牡丹花。要是不记得了，你把这块拿回去。"周云秋听了连忙摆手。

几个姨开始回想自己出嫁时的场景，又说起母亲这个小妹妹出嫁的事，当年父亲什么都没有，穿着不知哪来的西装坐船来的，接亲的时候还借的是周云秋的车子。母亲听了直笑，姨妈们问起送去的缎子绣的是什么花。

"是鸳鸯和金鱼，湘湘小时候几得喜欢，非要盖着。"这说得没错，那块橙色底绣金鱼戏莲的丝绸，母亲每年翻出来，灵湘都央求把它钉在自己的棉被上。她睡在这样的被子里，仿佛和金鱼一样，嬉游在夕阳照耀的水池里。

姨妈们围在一圈说话，外婆却像没事人一样走到一边的沙发去，拿起她巨大的手机看起东西来，她耳朵不好，也不爱戴助听器，常常外放。这时候灵湘和两个小姑娘进来了，她跟几位姨打了招呼，唯有周云秋没有应她。大妹、小妹见到外婆的手机，一时之间竟不伤心了，飞扑到沙发的另一边，跟她一同看起来。

灵湘不明所以，问起母亲还有姨妈们手上的东西。

"你外婆现在童心大发，天天跟她们一起看动画片。"

"那这缎子？"

"等会儿给你外婆收到屋子里去，她什么时候想起来再盖吧。"

灵湘隐隐约约想起周芸心那天翻出来的东西，多心想问一句。母亲知道她的疑虑，告诉她七姨刚刚去跟舅妈打下手去了，不在这儿。

"七姨说了她的绣花吗？"

"她没说，但我记得的。"母亲折着缎子，"是凤凰，七彩的凤凰。"

灵湘听了心里叹了好长一口气，现实的另一面总是难以看清楚的，外婆讲的故事是这样，家里的事也是这样。在七姨家里时，她曾听到七姨爹跟周云秋抱怨妻子近年头疼病犯得越发频繁，脾气也变坏，女儿不想她去带孩子的一个原因就是这个。灵湘多嘴插话，说自己学校心理系的老师很靠谱，不如约一个来家里看看？两个大人像听到了什么笑话似的，都笑了。

秋姨当时说，有些人的性子已经定了，怎么改得了，一世都改不了。

而外婆就像是聊斋故事《婴宁》里的老媪，她听见的没听见的，做到的没做到的，都带着一个属于她自己的奇异规则。她给自己说的像是往事又像传奇的故旧，母亲似乎从来没有听到过，灵湘不知其中有多少是外婆一时兴起的虚构。

第二天，舅妈和母亲讲好要带着大妹、小妹和她去一趟庙里。几个人直奔卖供品的地方，买了一袋子香烛纸钱准备带着上去。

灵湘心里好笑，面上不动声色。

路上还出了几个小插曲，一是买香烛的时候，几个婆婆以为灵湘是大妹、小妹的母亲，夸她年纪轻轻就养了两个女儿，真不容易。二是管庙门的大哥和老婆吵了架，钥匙不晓得被带去哪里了，大哥听说她们要上去，急匆匆去娘家寻人，灵湘一行人等不起，便先上了山。

山路被行人踏得齐整，灵湘牵着大妹，小妹归舅妈管着，母亲提着一个大红袋子。春天，山上充斥着新生的气息，野芹、蕨菜、春笋，争先恐后地从石岩里冒出来，松树、樟树、楠树抽出新芽，一些不知名的紫色小花铺在树底下。

快到小山顶，先见几个土地庙和关帝像。舅妈从袋子里抽出三张纸钱，在往西的方向烧着了，这是给过路的小鬼用的，先请他们吃，之后就不会抢正经的供品。

大妹站得远远的，小妹跑进土地庙瞧稀奇，里面端坐一个白脸的胖老头，小妹说和爷爷相像。

再往上便能看到香炉和两个歪头狮子，舅妈介绍那还是几十年前从河里捞出来的东西，不知道是哪个财主家看门护院的东西，雕得实在好看，舍不得砸，就放到这儿来了。

今天运气好，庙门是虚掩着的，她们推开门，一道光照见飞舞的粉尘，直直落到正殿中央的大佛头上。灵湘把大妹、小妹抱进来，站定，打量起来。土庙近年来修葺过一番，几个菩萨像上了新颜料，每个都盘坐在自己的地盘上，互不干涉。左边是大笑着仰躺的弥勒，中间是鲜花簇拥的金色佛陀，低眉垂首，右边是身着白裙、拈柳枝的观音。

舅妈和母亲在庙门外烧了些许纸钱，发现买得太多，就提进来放在供桌上，说反正还会有人来，给他们烧就是。

"姆妈，以前姐姐也带我来过这里，我总觉得这庙在很高的地方，今天爬了一会儿就到了。"灵湘回过头与母亲讲。

舅妈听了说："以前是姐姐带湘湘来，现在是湘湘带这两个小东西来了。"

几人在菩萨像前作揖，舅妈招呼大妹、小妹过来。她把小姑娘带到观音像前，抱着她们鞠了一躬，说："菩萨保佑，以后平平安安，好生长大，和她们姑姑一样读出名堂来。"

母亲和灵湘听了都笑，又听舅妈念叨："菩萨你是大妹、小妹的干姆妈，我常带她俩来见你，这是周芷萱，这是周芷蕙。"

舅妈做完这一遭，就邀二人过来抽签。大妹也想摇签筒，被舅妈一眼瞪回去了，说是小孩子抽了会预支他们的好运气。签筒塞得太满，摇了好一会儿也掉不出来，几人便抽了三支出来。

三人的签面分别是：千年古镜复重圆，女再求夫男再婚。自此门庭重改换，更添福禄在儿孙（舅妈）。巍巍宝塔不寻常，八面玲珑尽放光。劝君立志勤顶礼，作善苍天降福祥（灵湘）。云开雾罩山前路，万物圆中月再圆。若得诗书沉梦醒，贵人指引步天台（母亲）。

舅妈眼神不好，要灵湘说说签，灵湘看了隐去前两句，告诉舅妈有福禄在儿孙身上。舅妈一听叹了口气："我哪里来的儿孙，小的几个都是孙女，哪么还要再生一个？"

母亲连忙劝她："燕姐这是什么话，大妹、小妹就不是屋里的崽了，你好好带她们，好好教育教育，以后都成得了器的，你莫想岔了。"

舅妈望向两个小女孩，她们两个懵懵懂懂的，还在看几个塑像。小妹从衣服里拿出一个黑黪黪的松果放在观音像前，灵湘了然，那是她上山那天捡来送给大妹、小妹的。

"小妹，你把松果放上去做什么？"

小妹嘻嘻一笑，答："这是我和姑姑送给漂亮姐姐的。"

又是姑姑又是漂亮姐姐，乱了辈分了。大家都笑，大妹说她们烧了纸就算数了，不用多给东西，小妹不依，和大妹玩闹起来，舅妈看着开心，就随她们去了。

临走时，灵湘走到庙外的高地往河那边看去，这地方不算高，隔着重重山林，望不见那座灰白的塔。她在心中念着"宝塔""宝塔"。

<h1 style="text-align:center">十一</h1>

小姨的病时好时坏，可能前一天都能走到窗边看看风景，与我数过了多少船，第二天又躺回了床上。姆妈要我不要总去房间里烦她，小姨讲我精气好，多跟我待着都不忍心生病了，姆妈这才作罢。

我难得在家里安分，便反过来与小姨讲故事。我说白娘子发现不对，提前与许仙说明，二人发誓生生世世不离。在端午那天她变作大蛇把法海一口吞了，再与许仙、小青跑到深山老林里快活。小姨听了笑得仰过去，头磕到了床板。我等她笑完，问她："小姨，我总是不懂白娘子先前不是救人吗？为什么后来水淹金山寺呢？"

"因为她是妖精，她喜欢许仙，就向善变成人，没了许仙她就变回妖。"

我倒不觉得，又听她说："你爹不就是个许仙样子，那你姆妈若是没了你爹不就疯了去，疯起来的女人指不定会做什么事。"

这话不吉祥，我听着却有几番道理。以前听街边老人讲山里的女鬼拉砍柴后生结亲的故事，那女鬼怕不是和白娘子有几分相似，不过她不能呼风唤雨，生气了也只能拉个后生进洞里。

这时候听见窗板那里"噗噗"作响，我心里想那群讨人厌的鬼崽子又来了。我给小姨垫好枕头，支开窗子，只听得下面船上叫到"明珠儿""明珠儿"，这是来看我小姨了，不知是哪家的人。我在上面应了一声。他们又叫道："放个绳子下来，沅妹儿。"我不知道他们玩的什么把戏，再看小姨，她点了点头，我便悄悄出屋，偷拿了一截麻绳放下去。不一会儿，拉上一篮子发红的橘子和绿色的菱角来。

我忙伸出脑袋去瞧，可人已进了船里，幽幽一阵歌声传来："哥在船上撑船走哟，妹在船里绣荷包，隔着船帘哟嗬想我妹儿想一天。"

我拿篮子给小姨看，她不作声，过了半晌问我："沅妹儿，有人跟你唱歌吗？"

我答道："我姆妈和我哥？"

她直起身子来，将背靠在墙上，别过来直视我："现在多一个我了，沅妹儿。"

她轻声唱道："我们俩划着船儿采红菱呀，采红菱。得呀得郎有心，得呀得妹有情。就好像两角菱，从来不分离呀，我俩一条心。"

这调子我第一回听，不知小姨是在哪里学到的。我问她这歌是从哪听来的？小姨说是别人唱给她听的，我正想再问，却见她偏过头去，盯着支开的半边窗户发愣。我沉默了，房里只余下潺潺而去的江水声，我又想起和月月姨睡的那个晚上。

小姨的病从这天以后渐渐好起来，爹要她多出去走走，晒晒太阳。于是我带着哥哥和小姨往河岸边去了，小姨那天穿着靛青色的衣裙，在风中走着，像只燕子。我们路过那座灰白色的塔，它好似一个身体洁净的少女立在水边端详自己的倒影，塔北边的方向是我们之前拜过的庙，我上次没能进塔，这回逮着机会要进，不想管钥匙的媳妇与丈夫吵架回了娘家。

我还是坚持要去，哥哥拿我没办法便推了一下门，不想这塔门年久失修，竟被他打开了。在幽微的日光里，一群缺胳膊少腿，或是半边脸掉了漆的菩萨坐在泥土中，他们的脸或青黑或斑白，都还带着一丝淡淡的微笑。小姨见了说："那路边丢弃的石菩萨怕不是都被人捡到这来了。"

我走上前去细看，有一座石像格外漂亮。和上一次在庙里看到的不同，这个菩萨是个少女的模样，挎着篮子，袖子翻飞，眉目间盛满了笑意，可惜一半脸碎了，一半脸好着，遮起来看是个又哭又笑的怪模样。

我看了半晌不见哥哥与小姨近前来，回头发现他俩说话说得入迷，我小步折回去听。哥哥正抱怨讲学的老先生多么无趣，不如街边码头教人用棍的师傅好玩，又说小姨之前代先生上课上得好，好多孩子都想听。哥哥跟我讲过这事，我不禁出声说："幺姨什么时候再讲？我也想听。"

哥哥说："她第一回讲的时候你还抱在怀里哩。"

小姨皱着眉头说她才没有那先生讲得好，是哥哥他们贪玩，她带着伢子们往外边走，边走边讲又能听进去些什么？

哥哥难得话多了起来，说："幺姨讲的许多故事我都记得的！"他数出许多我不知道的名字，什么弟弟跟哥哥打起来的，几个人争一个大锅子的。小姨听了面露微笑，连声说："蛮好，蛮好，你还记得。"

"所以幺姨还回来不？"

"等我的病好了罢。"

闲聊了一会儿，我们便出了庙，水上波光粼粼，金黄色的芦苇摇荡。我们往回走了快一半路，天色却暗了下来，我着急回去，一时不察摔进了岸边的泥坑里，屋漏偏逢连夜雨，一阵小雨夹着风来了，不一会儿天上滚来黑云。

小姨正游移不定要不要回塔那边去，或者就近敲哪一家的门暂避。我们头顶一户窗子里伸出一只手来，一个嘴唇红红的女人说："上来罢。"

小姨戒备地往上面望去，那女人笑出来，眉毛飞起老高："怕我吃了你们吗？妹儿？"

我拽住小姨的裙边上了楼，这是一座离码头不远的吊脚楼，里面被木板隔成许多间小小的屋子，房门都关着，让我想起家里码得整整齐齐的碗筷。女人穿着一条水红的长裙，手里扇子轻轻扇着，带出桂花头油的香味。她眼睛里泛着波光，时不时投来一瞥，那水就溅在地上，我的衣服上。

"到了，我给你取我妹儿的衣服，是新的，她没来得及穿。"她拉开一扇门，回头笑笑。

哥哥挡在我前面，他直起身来与那女人差不多高。小姨紧紧攥着我的手，手心里渗出汗来，我这时瞧见小姨衣裙的下摆也湿了，只是因为颜色深看不分明。我打了个冷战，说："姨，你也把衣服换了……"

她没有说话，捏了捏我的手背。

那女人出来了，飞了一眼哥哥："出去呀，看你姐姐妹妹换衣服做什么？"

小姨说要我和她一同进去，女人站外面，哥哥去远一点的廊里，女人倚在门上点点头。屋里很暗，窗户边钉着一个斗笠，那衣服规规整整叠在床上，青纱帐别在钩子上，我换的时候发觉衣角绣了一朵含苞待放的兰花，这是唐家的手艺吗？

出了门发觉雨还在下，女人邀我们再留一会儿，我们几个一声不吭坐下了，一时只听见"哒哒"之声。我发觉这和暴雨打窗台的声响不大相似，循着声音望去，一个黑黢黢的东西立在柜子上。

"那是西洋钟，妹儿。"一转头就发现女人好像在看我，"我妹妹也喜欢瞧它。"

她踮起脚取下来放到我面前，我见过这东西，在二姨婆那里，家里好像没有。我说："姐姐，它蛮好看。"

"喔唷，叫不得叫不得，我比你姨姨还大呢！你也叫我一声姨罢——"末尾一句她拖得很长，我想她应该会唱歌。

小姨这时候插进来："这衣服怎么还，还是……"她从荷包里取出些东西来，不等她放在桌上，女人就一手推回去。

"妹儿家的帕子好看，过些天带帕子来就是，衣服送你们了。"女人的嘴唇一张一合，我想起篱笆边的辣椒。

雨终于停了，女人送我们下楼，还塞了两把伞过来，说我像她妹儿，而哥哥像她弟弟，小姨尤为灵性好看，说尽了吉祥话。我不舍地对她摇摇手，她还是那样笑着。走出好远，小姨才松开手，我发觉她的身躯不自觉地抖起来。

"幺姨怎么了？"

"没什么。"她叹了口气，回头望向那座吊脚楼，眼底有一丝可怜的神色。我觉得熟悉，等到家了才想起，那女人也用这眼神看了我，不，是看了我的方向，她看的是小姨，她们俩互相可怜着。

我回去准备告诉父母这一天的奇遇，哥哥却用眼神制止我，要我回房换上自己的衣服。吃了饭，他跟我说她不是什么好女人，不是什么正经姑娘。我歪着头问他，那她为什么会借我衣服？

"鬼晓得。"

然后小姨跟我爹爹姆妈解释，那是她带过来的，她以前的衣服。几天后我和小姨带着东西去找她，楼却空了。我们到码头边上问，那些水手发出"嗬嗬"笑声。

"那婆娘走了，跟她的土匪情郎跑了。"

回去的路上我想起一件相干又不相干的事，那是二姨婆在饭桌上讲的另外一个故事。她回唐家做了主，准备往川蜀去，一是去瞧瞧我们这儿花样吃不吃香，二是跟那边的远亲打听丝绸的价。在水上行路难，过路更难，匪刮一层，官刮一层。二姨婆又遭了劫，这回是晚上被带走，她熟，早早备下一把利剪，不是结果对方就是结果自己。带上了山，她惊奇地发现这木头房子和吊脚楼与山下的没什么不同，树木丛生，灯火幽微，炊烟袅袅。她跟跟跄跄进了一间看起来规整些的屋子，里面坐了一圈喝酒的黑汉子。她想：不应该是一群吃人肉的豺狼虎豹吗？堂上的人问了几句，她都没听见。

"凤凰儿！凤凰儿！"旁边的人杵她了。

"喂！凤凰儿，是你吗？来给我婆娘绣个盖头，她手笨。"这叫的竟是她未嫁时的名号。

"你们别吓着她了，叫婆婆看着她。"二姨婆抬眼，一个白白净净的后生在说话，堂上的人听了摆摆手算是答应。

她被包着麻布头巾的老妇人领到一间房，桌上放着饭菜，一旁是一个绷子、一篮子绣线，婆婆示意她吃了饭再绣，二姨婆愣了许久，手都僵了。

"我再没吃过那么香的鸡。"二姨婆一拍桌子，一群鸡骨头上下蹦跳。

她问婆婆绣什么花样，婆婆答什么吉利绣什么，她听别人讲二姨婆绣凤凰是一绝，便就绣个凤凰罢，说着给她拿了个花样过来。这样子与山下的不太相同，是只跳舞的鸟。她连夜绣好了盖头。天蒙蒙亮，一个穿着红衣服俏生生的女人到了门前，她拉着二姨婆的手行了一礼，连声说谢谢，一边的汉子都催"要误时候了",那女人才离开。二姨婆目送她离开,然后她稀里糊涂下了山,没吃成喜酒。

到码头,她仔细数了,船货皆在。伙计们还在睡,早起的船工跟二姨婆打了个招呼,说当家的起这么早。二姨婆这心才落下来,摸摸身上有没有少东西,袖子里掉出一把剪子和陌生的银镯子来。

二姨婆在川蜀谈妥了丝绸生意,花样要改,她一边行船一边想着。等到了被劫那处地方,听码头的水手说几日前来了一群扛枪的上山,烧了好大一把火,二姨婆一听,竟是丈夫的旧部,她改花样的绷子径直掉进水里。

"然后呢?"我追问。

"不晓得了,土匪往山里一钻就能活命,那女人……不晓得。"

我与小姨在江边走,一直到了那座白塔边才发觉我俩走错了方向。我有很多话想说,出口却是一句:"小姨,你说我们这里塔底下会不会也压着一个白娘子。"

拉着我的手一紧:"说不定呢。"

那天我们坐着小船回了家。

十二

灵湘从庙里回来不久就要回家了,母亲的假期临近尾声,

　　几个姐妹们也同样要回去了。灵湘想这一来一回真像南飞的大雁，一行陆陆续续回来，一行整整齐齐地走。

　　临别那天大家在祖屋里一同吃饭，舅妈为此又杀了一只鹅，灵湘实在过意不去，家里一共三只，两只都没有了，剩下的唯一一只在屋里走圈，不断呼喊它的伙伴。大妹、小妹看这只可怜，把碗里的青菜扒给它吃。

　　周云秋和周芸心看起来似乎没什么事了，坐在桌子两边，外婆坐在正中。周云秋问起舅妈儿子近年工作怎么样，要不要去长沙再谋个工作，舅妈谢她，连说不用。周芸心吃着饭，跟彩妹儿聊起带孩子的事，她嘱咐要多给孩子弄点水果和肉糜吃，别总是喝米糊糊。

　　彩妹儿听了连连点头，又像是想起来什么似的，把灵湘拉到一边，小声问她："湘湘，你可不可以给小妹妹取个名字？"

　　灵湘前些天才知道老家关于取名的规矩。每个人有一个家里叫的名字，比如周芸心叫"老小"，母亲叫"九妹子"。等到要读书了再由长辈取个大名，外婆当年没来得及给母亲取大名，姐妹们把小名和大名混淆了，弄出"周云九"这个名字来。

　　灵湘小心翼翼地问道："是小妹妹的大名吗？姐姐想取什么名字。"

　　女人抱着怀里的孩子摇了摇，说想要一个"瑞"（音）字。灵湘想了想，蘸着桌上的水渍写了个"芮"字，解释说是小草生长的意思。彩妹儿听了笑得眯了眼，对怀中的女儿说道："周芷芮，周芷芮，姑姑给你取了个好名字哩。"

　　一旁舅妈也听见了，不知从哪里摸出一个红包来，硬要塞给灵湘，母亲连忙推辞。周云秋插话道："取名字是大事，你就收下吧。"

　　大家吃完中饭便上了车，外婆和舅妈都出来送。外婆从屋子里端来一个铁盆，里面是满满的蒿菜糯米饭，说："湘湘喜欢吃，今早我就盛好了，带回去慢慢吃。"

　　灵湘本上了车，听到这话便打开车门下来，接过盆子，抱住外婆。外婆拍着她的背叫起以前的称谓来："幺儿、幺儿。"好一会儿，灵湘才回去车里。

　　车子发动了，祖屋很快就被抛在后面，外婆和舅妈互相搀扶的身影远了，灵湘扭着头望着后头，在车转弯的时候听到屋子里小女孩的哭声。母亲说："可能是小妹在哭，她太小了，见不得分别的事，舅妈要大妹引她上楼玩去了，她现在才知道你要走。"

　　灵湘说不出话来，车上两个姨又聊起来。周云秋问灵湘这次回家有什么感想没有，写不写得出点东西来，写不出她给灵湘开个头：今天天气晴朗，我回到了家乡……

　　车从乡间小路开出，驶上沥青马路，十几分钟后到了沉水边的桥上。灵湘记得故事里的很多人面对过这条沉水，父母结亲的时候这里还没有桥，直到现在，县政府修的还是一条二车道而非四车道的桥，可见从古到今由此过路的都多不到哪里去，他们都是坐船。

　　她打开车窗，江风吹着头发飞了起来。在江水的那一边，拐弯的地方，伫立着白塔，真是她熟悉又陌生的白塔，那道倩影摇曳生姿，手捧着春天新绿的叶子。

灵湘转过头对母亲讲："姆妈，我想写一个故事，就从这个塔写起。"

十三

天气渐渐冷下来，小城的河水不会因为一场冷风全冻住，但岸边已经盖上了霜。小姨的病又在反复，她开始咳嗽了，于是家里添了炭火，暖气熏得我俩脸红红的，我去打开窗子，现在一天也过不了几艘大船了。

二姨婆那边差人问了好几回，小姨都说不回去，人走了以后又跟父亲母亲道歉说自己实在是住得太久了，母亲摆手要她莫这样想。我偷听到父母的谈话，说又有人来议亲，跟唐家最小的女儿议亲，和我一同趴在门边的哥哥"嗤"了一声。

哥哥破了的眉角离我极近，我说："你又和别个打架了？"

"你不晓得他们说幺姨有多难听。"

我好像也听到过，他们说小姨坏了名声，又是个病秧子，然后有人大笑，娶个病婆娘不蛮好，没几年就去了，还管不到你。很久以后我得知，议亲中有一家是之前没结成亲的船老大。有人问二姨婆的意思，明珠儿这么好留给自家嘛，或者像她八妹那样倒插门一个男人——八妹就是月月姨的母亲，二姨婆捻着她的檀木佛珠不说话。

　　小姨像是一无所知的样子，整日在家，精神好的时候起来写写画画。她又抓着我的手写大字，我总算学会了写自己的名字。她与我念"天地玄黄，宇宙洪荒"，下笔也写"天地玄黄，宇宙洪荒"，那经文一般的诗让我心潮翻涌，小城外面的地方是这样大的吗？小姨笑我，说之前念给你听过，你竟不记得了。

　　与此同时，一个女人投了河，不是在我们城里，而是在上游。她顺着江水一路往下，渡过险滩，绕过成片的芦苇，进入一条流经小城的水流。天气很凉，但也没有到能冻起来的地步，她像是只小划子，顺顺当当漂到码头，一个早起出来打水洗衣的女人发现了她，她躺在水岸青黄交错的杂草里，像是睡过去了。她穿着一身体面的衣裳，碧绿的衫子，鹅黄的裙子，她的怀里，一条金鱼戏莲的帕子死死地钉在胸口的布上。

　　她的母亲知道后很快跑来了，抱着她的头号哭："妹儿我天天盼你回，不是要你这么回来呀——"

　　我见到她的时候，她已经被摆到灵堂里了，她的舅哥在外边跟老人争吵，老人说这女儿有块棺木就很好，别想什么进祖坟了。舅哥说，那逢年节送灯她找不到回家的路呢？老人咳了一声，她还想回家？然后声音远了，他俩出了院子。

　　小姨立在我身边，今天是守灵的日子，可灵堂空空荡荡，只有一个小火盆里燃着几张将熄的纸钱，桌上没有牌位，有三根烧到一半的蜡烛。她抚摸着棺木，里面的女人闭着双眼，神态安详，她支着头看她，像是无数个清晨里，她跑去找姐姐玩的时候那样。

小姨哑着嗓子开始说话了。

"姐姐，我没想到我俩是一个样子。那天你讲听到喜鹊叫，那是好兆头啊，你会嫁一个好丈夫啊。没想到你跟那个学喜鹊叫的男人跑了，他唱戏是极好听，我也听过的，可是他没有一个落脚处啊。你喜欢也就罢了，为什么不跟我讲。"

"那天早上你来找我，我以为是舍不得，出嫁了嘛，我送了那么多人出嫁了，而今又要送你。结果呢？姐姐，你为什么不跟我说，说不定我愿意呢。"

"我现在埋怨你，讲你，你听得到吗？姐姐。我会愿意的，我来不及跟你讲。他没了，没得比你早。他也很会唱，那天夜里我们坐着小船游河，沿岸都是姑娘的歌声和姑娘的臂膀，我偏过去不看，他唱与我听。他叫我：'密司林，好听吗？'"

"没几天去看话剧的时候，有人祝贺他：'念生，高升高升啊！'听人说是跟杭州哪个小姐定亲了。他送我回去，我要他别送了，他在灯底下站了好久。月末他寄了信给我，我没看。再过几天，那边传来消息，他上吊了，就在他自己屋里。"

"姐姐，然后我就回来了。学校开不成了，里边乱得很，我心也乱得很。我天天在船上想，我要是跳下去陪他多好，之前不晓得，知道他没了的时候我想我是真真切切爱上了他。所以姐姐你也是吗？姐姐。"

"都是一样的，小时候我天天梦见我姆妈哭，在二姨面前：'姐姐你怎么把我送到别人家养了，姐姐。'姐姐，我也要跟你哭了。"

我看到小姨脸上两条水痕如破冰的水流，她眼角那颗痣像是烧起来一样，她无力地跪下来，我扶着她的肩膀。小姨的话像是将要溺死的人的呼救，又像是涨潮的河水，淹没了我。小姨转头看我，擦了擦我的脸，说："阿沅，莫哭了。"

月月姨很快下了葬，就在离那座庙不远的一处地方。小姨经过这一件事情病情突然加重，二姨婆偷偷将昏睡的她接回了家里，说是请了更好的大夫来看。母亲拗不过她，想起来也是无奈之举，我们家可能渐渐住不起一个小姨了。

你晓得那大概是几几年的事了？对，日本人打过来了，但还没有打到我们这里。小姨又病了一些日子，我不时去看她，她会问我认识了什么字，我跟她讲我跟其他小孩去挖别个家里红薯的事，她笑起来。她与我讲话的时候好像病都好了，可听其他人讲，她经常咳出血来呢。后来他们不准我去看了，说这病会传给我。

我听姆妈讲我们很可能要搬走，去更远的乡下或者跟二姨婆去四川。走的前几天我去看小姨，小姨突然抓住我的手说想看雪，她的眼睛就像碎掉的冰一样，散发出光亮来，我答应她，眼角却落下泪来。外边一直有声响，二姨婆家在清点东西，数出很多东西舍不得丢又带不走，其中有一个物件便是我小姨。

我先被父母亲带上了船，没能见到她最后一面。小姨那天被抬到码头，她向灰白的天空伸出手抓握，人们以为她要喝水还是什么的，她摇头，那是要见谁，她点头。接着二姨婆来了，她抓住二姨婆的手用力摇动，另一只手指向对岸的塔。那时候，她已经没法出声了。做完这些后，她昏死了过去。小姨是什么时候去的？我没法肯定，我知道最后一个见她的是个水手，她被一艘小划子带到了对岸，那个后生对着她枯黄的脸坐了一夜，天明时，他把小姨埋进塔下的土里。

埋小姨的地方没几天就被人掘了，我们那里有这样的事，与新死的女人做夫妻。可怪事来了，小姨不在土里面。

至于后来为什么传成用嫁妆建塔，那就更奇怪了。二姨婆没死在四川，她命硬活到回来，用她的棺材钱买粮。没饭吃的时候，谁会想到修塔。二姨婆去塔下找她侄女，遍寻不到。走时，她踢到一座石像，雕的是鱼篮菩萨，挖出来剥开，竟是金的。二姨婆念了几声佛号，说这是瑶妹儿在保佑唐家。那金子换来的钱有一部分便给了那塔。

小城里的人都传，小姨成了仙女。有一年发大水，水手们辨不清前路，在黑暗中与风雨搏斗，却看见天际有一个白衣少女站立，他们朝着她的方向航行，竟然平安到达了码头。

那是白塔？

就是白塔。水手们把它当作指向标和心上人，女孩们把她当作月老红娘，也不全是，她们还带着绣样过来，把她当成了织女。大家都叫塔前的石像"姐姐"，就我一个人不能这样叫她。那个石像后来跟塔里的菩萨一道进了水里，不见了。

苍梧，本名姜雅平，南京师范大学文学院中国现当代文学专业硕士研究生。在《湖南文学》《散文诗》《青春》等杂志发表诗歌。

本文为第七届『青春文学奖』中短篇小说奖获奖作品。

弹弓河边有个候鸟驿站

| 萨送

父亲在黑熊的肚子里

打小，我的母亲刘懿兰就告诉我，你父亲在黑熊的肚子里。

在同学的嘴里，我是个没爸的孩子。只要谁提我的父亲游青云，我就揍谁。为此，我没少挨米峒小学思教处盘主任的板子。说来也怪，进了几回思教处，那几个吊儿郎当的同学嘴巴更毒了。我没辙，说他们不听，反而冲我大笑，这谁能忍。可我怕刘懿兰，不是她揍我有多凶，而是她太狠毒。她只要知道我在学校跟人打架，就罚我不吃饭、跪香。有一回，才跪了四炷香，我肚子咕咕叫，突然，天旋地转，半盆水泼了下来，我妈在厨房骂道："山山，你装死啊？自己起来，把水舀上。"过了好一会儿，她没听见我的动静，这才气冲冲地出来。她见我趴在地上，用脚探了探，说："游山山，你装个锤子，起来！"我听到了她的话，只是饿软了，没有力气，就轻轻回答："妈，我饿。"刘懿兰不慌不忙，说道："哼，早知道会饿，还净给我闯祸。错了没？"我奋力地回答："是他们先说我的。"她质问说什么？我答："他们骂我没爸！"刘懿兰沉默了一会儿，她抱起我，说道："山山，我不是告诉过你吗？你爸在黑熊的肚子里。"一瞬间，我的眼泪簌簌滴下来。她安慰说："山山，你爸爸早晚会回来的。"我哭着问："爸爸真的会从黑熊肚子里出来吗？"她摸摸我的头，说道："山山，无论如何，你都要相信妈妈的话，你爸爸一定会回来的。"

从那以后，我对同学讲，我的爸爸在黑熊肚子里。他们不信，反而更加肆无忌惮地嘲笑我，说我是个傻子，还说我妈是个大骗子。我肯定忍不了，继续和他们干架。盘主任照常教育我们，照常打手心板子，我早习惯了，别的孩子哇哇哭，我歪着脸任他打。我妈自然要罚我跪香，不给吃饭。我学聪明了，放学之后，就在米峒镇街上瞎逛，运气好还能捡到几块零钱，我的吃饭问题就解决了，哪怕她不给我吃饭，也没关系。后来，我的膝盖跪得太多，一到阴雨天，就隐隐作痛。

为了找到我，刘懿兰没少操心。她听盘主任讲我不去上课，便沿着大街小巷找我，边走边喊。可她喊破喉咙也没用，有时我躲在桥脚下一动不动，有时藏在围墙下默不作声，任凭她怎么喊叫，我都不出来。她着急了，就报了警，看她这么着急，声音也喊哑了，力气也喊没了，我就悄悄地回家，钻进厨房，掀开高压锅扒饭，吃饱后溜进被窝呼呼大睡。等她发现我回家时，我的涎水早已流了小半个枕头。

她也学聪明了，知道我在外边瞎逛，肯定是饿不死的，便索性不找我了。只是，她每次都会在锅里留下两碗米饭，一碗菜。甭管我吃不吃，哪怕蟑螂来抢，她也照留不误。

日子像弹弓河边的芦苇一样疯长。不经意间，我就念到了初二。可是，我依旧没有给她省点心。那时，米峒中学是半封闭式的管理。家比较远的可以选择住校，周五归家，周日回校；家住在街上的就是每日走读。我不想每天看见她，就跟她说："妈，我想住校。"可是，刘懿兰不同意，她反对说："你是不是脑子烧坏了？有家住还住校？"我解释说："妈，住校方便，免得你操心。"她呵呵笑说："游山山，你别哄我了，别以为我不晓得你打什么歪主意。"我见势不妙，撒娇恳求说："妈，你就当送给我的生日礼物吧？"她听后，直摇头说道："整个米峒镇可没听谁说有这个生日礼物。"我反驳她，拔高调子反问："您也不看看是谁的儿子？刘懿兰儿子的生日礼物能和别人一样吗？"她扑哧一笑，答道："得嘞，就你嘴巴会说，油腔滑调的家伙，我同意行了吧？"我大喜，开心地喊："刘懿兰万岁，老妈万岁！"她在一边傻笑，补充说："不过咱们事先说好，这个学期但凡你们老师请我一回，你就滚回家住。"我拍拍胸脯，回答："我的老妈大人，听你的。"

住校的第一天，我就后悔了。学生宿舍是八人间，十分拥挤，没有柜子，只得把衣物、书本叠好，铺在床上，实在放不下了，就找来铁钉钉在墙上，拉上一根细绳子，挂衣服和书包。最尴尬的是上厕所，每层楼只有三个坑位，没有门。有时，就是想上厕所，也得憋到第二天，若是遇上停水，里面臭烘烘的。不过，也有好事，停了水，大家都得去弹弓河洗漱，这样我就能见到梅百灵。

清晨，我早早起床，准备好牙膏、脸帕和香皂，就急匆匆跑下楼去。围墙下，一道生锈的铁门张大嘴巴，从睡梦中醒来。从这道侧门出去，弹弓河像个少妇，摇摆她丰腴的身姿。许多女生早已到达，大家纷纷挽起高高的裤腿，有的刷牙洗脸，有的梳头洗发。清幽幽的河水，一路唱着歌，向远处流去。

每天早上，哪怕自己先洗漱好，我会趴在围墙下偷看梅百灵，她喜欢梳一个高耸的马尾，一边走一边晃，整个瘦削的脸蛋粉扑扑的，像个水蜜桃一样，她的步伐轻盈，细长的双腿好似两根筷子在舞动。而最令我着迷的是她那双会说话的大眼睛，仿佛只要与她对视一秒，我的心就扑通扑通跳起来，脸唰地就绯红起来。看梅百灵的不只我一个人，早上，男生基本上会排成一个小队，趴在围墙边，边看边夸赞她的美。当然，有不害臊的男生会喊一句，梅百灵，你真漂亮。梅百灵听后，也不理他们，任凭他们乱喊乱叫。而我，自知喊不过他们，更鄙视这种粗俗的行为，我只能静静地注视着她。

我住校之后，母亲在肉铺子忙前忙后。尤其是下午，西街建筑工地的工人总来这里买肉，之前，听好些顾客讲，"懿兰肉铺"的肉真新鲜，都是优质肉，价格还划算。母亲是个实在的生意人，她不像其他店铺的老板，要么克扣顾客的斤数，要么把水注射进皮肉里。她和我商量："山山，下午放学，你就到肉铺子来帮衬一下，搞完再去学校上晚自习。"我没敢说什么，随口答应了她的安排。此前，肉铺的生意我从不过问，也很少去帮忙。因为母亲十分能干，就像一个用不完力气的勇士。可是，通过这几天的观察，我看到母亲打电话跟农民散户联系肉源，沟通毛猪毛牛的价格，敲定后，母亲客气地联系老屠户，确定了时间，及时宰杀猪牛，这一番折腾，母亲额头上大大小小的汗珠子沁了出来。不知怎的，我不由自主地拿起一张干净的毛帕子，递给母亲，她很自然地接了过去，揩了揩额头、双颊、脖子，再擦擦手，用完，帕子随手扔在案板犄角上，贪吃的苍蝇见了它，都纷纷飞走了。

　　和梅百灵的第一次搭话，是在一节美术课上。当时是咱们三班和她们四班的户外写生课。美术老师说，你们可以选择校园内的任何一个景物，自由发挥即可，时间是一节课。我的画工不佳，哪怕是最简单的素描，都令我头疼。老师讲好要求后，大家像不欢而散的客人，各走各的路，当我不经意走到操场南侧的小树林，梅百灵正好也在那里。伊始，我有些胆怯，瞧见冬风吹起她的发丝，她会说话的眼睛仔细地盯着画稿，我暗暗给自己打气，游山山，你别怕，你行的。我鼓足勇气，试探地走到她面前，兴奋地说道："梅百灵，你画得真好。"她

望向我，有点羞涩，回答："哪有，你是逗我开心的吧。"我
肯定地说："你看，你画的弹弓河好美好长，大片大片的芦苇
荡，真是神秘的地方。"梅百灵咯咯笑："你真会夸人，哪有
你说得这么好。"我灵机一动，忧伤地对她说："梅百灵，你
没按老师的要求画。"我原本以为梅百灵会恍然大悟，甚至感
谢我对她的提醒。然而，她却悠悠地说："校园里的景哪里比
得上弹弓河的景呢。"我说："确实是这样，你难道不怕老师
找你麻烦吗？"梅百灵笑说："我不怕，大不了再画一幅。"
我走近她的画，仔细看了看说："你觉不觉得你的画还缺点什
么？"梅百灵疑惑地问："你说说，缺什么？"我思忖片刻，
回答："候鸟，芦苇荡里边是有候鸟的。"梅百灵不信："你
敢确定？"

　　"我确定。"

　　"什么鸟？"

　　"灰鹤。"

　　"你见过它们？"

　　"当然见过。"

　　梅百灵却不信："你骗人，我就没见过什么灰鹤。"我拍
拍胸说："我不骗你，下次我亲自带你看灰鹤。"最终，她听
了我的建议，在密密匝匝的芦苇荡中画了一只鸟儿，我看了之
后，不满地指正她，她却收拾画笔和画框走了。我嘴边念叨，
灰鹤这种候鸟是成群觅食、嬉戏的，梅百灵咋就不信呢。这事
儿，就跟我给别人讲我父亲在黑熊的肚子里一样的，别人肯定

不信，甚至还认为我是个神经病呢！

灰鹤

一个阴郁的下午，米峒镇街上的人少得不超过两只手。母亲感到烦躁、胸闷，雨仙子正准备降临人间。母亲没有停下手中的活，此刻，猪肉上苍蝇焦躁地乱飞，它们嗡嗡叫嚷个不停。母亲说："山山，用拍子赶走那些该死的苍蝇，绝不能让它们在肉上胡来。"我应付地回答："知道了，妈。"雨点砸在地上，灰尘将它们一个个死死地包围起来，雨的尸体散乱地躺着，喘息着，扭曲着。数不清的雨点像炮弹一样射向大地，很快，马路哭出一道道泪痕，屋顶的青瓦不停地喊救命，芦苇欢快地扭动细长的腰肢，弹弓河里的鱼儿跳起一支支狂欢的桑巴。

"刘老板——"一个粗犷的声音穿破了雨水袭来。母亲顾不得回应，忙碌着清理肉摊子上的碎骨。"大忙人，最近生意好不好？"一个男人的声音传到耳边。母亲转过身，忙说："哎哟，项老弟，您忙完啦？快坐，山山，给项叔叔倒茶。"我插不上话，只管听她吩咐，拿出她珍藏的毛尖，给派出所的项良叔叔倒上。项叔叔高瘦、壮实，像根楠竹竿子，他满下巴的胡子刚刮过，跟田里新割的稻茬子一样。项叔叔摸了摸我的头，我缩了缩脖子，跟儿时一样，他爱把下巴贴到我脸上，上下蹭，来回扎，我贼烦，不过多年了也习惯了，他扎我脸，我就躲，但我哪里能逃出他的爱抚呢？他问："你小子最近没给你妈惹事吧？"我回答："我哪敢，您又不是不知道我妈的脾气。"项叔叔大笑："看来，你这小猴子逃不出你妈的五指山。"我无奈说："我能有什么办法。"项叔叔就说："听话是好事，多读点书，准没错。"我点点头，听他讲这些让我耳朵生茧子的老话。项叔叔问我母亲，"生意还行吧？"母亲停下手里的活路，揩了手，走过来，坐下说："还行吧，多亏你们照顾。"项叔叔说："别客气，懿兰姐。"项叔叔比母亲小十几岁，1989年生，属蛇。母亲说："前几年，混混儿在街上闹腾得厉害，还好有你经常来店门口转转，不然这帮混混儿不晓得会搞出什么事端哩。"我记得母亲之前跟我讲过，要是有混混儿欺负我，就去找项叔叔帮忙。此前，因为这话，我有了底气，天不怕，地不怕，老是惹事，尤其别人说我父亲的坏话，我铁定要和别人干一架。而后，母亲对我说："你要是不学好，像个混混儿，我就找你项叔叔揍你。"不过，这话不顶用，它刚从我的左耳跑进去，随即从自个的右耳溜走了。项叔叔问母亲："最近有没有人拿鸟或者野味来你这里卖的？"母亲思索片刻，说道："前天，有这事儿。"项叔叔问："你记住人没？"

"前天傍晚，天擦黑了，看不清他的脸。"

"你仔细想想，他什么样子？"项叔叔接着问："对了，他拿什么卖给你？"

"麂子。"

项叔叔瞪大了眼，说："麂子是国家保护动物，你一定不能收来卖啊。"

母亲说："我可不想坐牢。"

项叔叔起身，整了整衣角说："懿兰姐，以后要是有情况就跟我说，我还有事，先回所里。"母亲不挽留，说道："行的，你快去忙。"

赶集的日子，米峒街上热闹了起来。尤其在老西街，皮荣电器、吉祥水果店、如家杂货店等老板、老板娘忙活开来，大家纷纷把自己的物品整齐地摆在门口，为了吸引顾客，总得吆喝好久。

来赶场的人自然很多，但是，母亲等的卖麂子的人却久久不见踪迹。我想，这人没来是对的，不然铁定要遭项叔叔逮着。

夜倦了，路灯迷糊地打着瞌睡，灯下的蚊虫嗡嗡地唱歌、跳舞。一个身着皮夹克、手里拎个大笼子的老头走进店里，母亲正在收拾东西，准备打烊了。老头低声问："老板，你这收不收这个？"只见他缓缓揭开笼子的暗蓝色遮布，母亲小心把头伸过去，目光穿过一根根笼杆，缓缓进入笼内："啊哟——"两只眼睛朝母亲利刃般刺来，它用长嘴巴拼命地啄鸟笼，试图逃出樊笼。但是，任凭它怎么做，笼子将它死死关着。母亲拍拍胸，问："这家伙是什么啊？"老头吸了一口烟，吐出，说："灰鹤，灰鹤！"我知道。我好奇地躲在旁边继续偷听。母亲问："你从哪里得的？"老头继续说："我跟你说，你千万别告诉别人，我在弹弓河的芦苇荡里捡的。"母亲觉得不可思议："之前可没听说弹弓河边有灰鹤，还捡的，鬼信你。"老头反驳："老板，真是这样。""那你再捡一只我就信。"见两人僵持不下，我冲出来，说道："妈，我信，我可以证明他说的是事实。"母亲有些迷糊地说："嘿，你怎么证明？"我回答，我在弹弓河的芦苇荡里亲眼看见过灰鹤。母亲顿了顿，看了一眼老头，他头发乱糟糟的，脸黑，大约六十岁。老头不耐烦了："老板，你到底收不收？"母亲迟疑了，出去打个电话。我知道，母亲是要打给项叔叔。老头坐在凳子上，点了烟，吧嗒吧嗒抽。突然，他把手里的烟一扔，猛一踩，冲出门去。我知道，他是不想卖了，要跑。可是，好不容易有人拿灰鹤来，我很需要这只灰鹤，去向梅百灵证明我没骗她。于是，我箭一样冲出门，跟上这个男人。

　　奇怪的是，老头转进巷子后就消失了。巷子里传来一声接一声的狗吠，透出一点点凄冷的光。我的背上挤出了一大片汗，因体育课爱偷懒，这一跑把我累得够呛。我停下追赶的脚步，大口大口地喘气，我叹息地说："完喽，灰鹤没了。"休息了一会儿，我正打算走，身后却一阵发凉，转头一看，一个黑咕隆咚的人影从黑暗里冒出来。我警觉地说："你谁，不带这么吓人啊。"老头走到我面前，压低声音："你这瓜娃子，一路追我干吗？害我累得要死。"我不爽了："谁让你跑那么快，跟个兔子似的。"老头喘了一口气："我以为是警察来抓我，所以就赶紧跑。"我得意地说："原来你还知道怕警察。"老头苦着脸："你个瓜娃子，有谁不怕警察呀，我可不想进牢里去。"我说："你又没犯法，警察干吗找你。"老头叹息："都怪这只灰鹤，现在是跳进黄河都洗不清了。"我疑惑："你不是说灰鹤是自己捡的吗？"老头摇头回答："不，灰鹤是我抓的。"随即，他缓缓把笼子递给我，说道："你拿走吧。"我接过笼子，挺沉，翻开蓝布，灰鹤依旧凶猛地啄笼，就像一个闹腾的小孩子。

我走出几步，停下脚，放下笼子，转身走向老头，老头不舍地站在原地，仿佛被人割了心头肉。我掏出口袋里全部的钱，连硬币一共四十几块，说道，拿着吧，给她治病。老头愣住了，张大嘴巴，久久说不出话，直到我走了几十米，他才朝我喊："谢谢，你叫什么？"我大声回答："游山山。"

母亲疑惑地问我："他把灰鹤送给你？"

"对的。"我回答。

"山山，你老实交代，那个老头呢？"赶来的项叔叔问。

"走了。"

"去哪？"

"我哪知道，估计回家了吧。"

"他家在哪？"

"不知道。"

"那你知道什么？"

我摸了摸脑袋答："他有个生病的老婆。"

"还有呢？"

"没了。"

"灰鹤确定是他送你的，不是买的？"

"确定，百分之百。"

项叔叔见我说不出其他有用信息，不再逼问了。母亲问他灰鹤怎么处理？项叔叔说："按照规定，我得把这只灰鹤带回局里。"我一听，立刻反对说："项叔叔，不行，灰鹤受伤了，需要治疗。"项叔叔说："灰鹤是国家二级保护动物，理应交给政府管理。"母亲说："项老弟，眼下，得找乌医生来看看。"项叔叔点头同意。第二天一大早，恰逢周六，我亲自去请乌医生。乌医生是镇里唯一的兽医，家住北街，经营一家兽医诊所。当我急匆匆走到诊所门口，看见门顶上写着"乌友美兽医诊所"的牌子，大门微微关闭，我朝里大喊，乌医生——里面回话，谁呀？我回答，我是山山。我走到里面，她让我坐着等一下，她正在给一只猫结扎，黑猫两眼无神，舌头无力地伸吐着，一动不动地任由她摆布。乌医生一身白大褂，身材丰腴，她生了两个女儿，大女儿跟我一般年纪，小的读小学。乌医生前几日来店里买肉，是我亲手给她装好的。等了近十分钟，她终于忙完了。她问道："山山，你有什么事吗？"我说："灰鹤受伤了，你过去看看。"她好奇地问："哪来的灰鹤？"我说："路上我再给你慢慢讲。"她拿了医药箱，我们一起奔向肉铺子。

当我们赶到时，肉铺里已经挤了许多人。我看到有派出所的，政府的，还有一些瞎凑热闹的。

"乌医生来了！"我朝他们喊。

果然，大家让出一条路给乌医生走。我屁颠屁颠地跟在乌医生后边，别提有多威风。怎料，立马被挨过来的两个男人挤开了，我像个泄了气的球。

几人把灰鹤移了出来，它软软的，翅膀老长，爱用嘴巴啄人。它通身灰色，头部羽毛灰白相间，头顶赫然出现两个大红点。乌医生对它做了全身检查，随后，她说道："它的左脚断了，右脚也有小伤，右边翅膀也断掉了。"

这个噩耗，让在场的人都沉默了。

乌医生紧接着给它小心地消毒，轻轻地包扎伤口，整好后，又将它放回笼子里，这回，它停止了闹腾，静静地待在笼子里歇息。

我问乌医生："灰鹤治好后还能飞吧？"

"不好说，看它的恢复情况吧。"

"看它可怜兮兮的样子，要是以后不能飞了，那该多么痛苦呀。"

林业局的工作人员说："乌医生，你给它好好治，毕竟它是国家的保护动物。"

乌医生点头，说道："我尽力。"

工作人员说："那以后就辛苦乌医生来给它医治，我们就先把它带回单位去。"

我反对说："灰鹤是我的，不准你们带走。"

他说："灰鹤是国家的，必须交给政府处理。"

我们眼睁睁地看着工作人员，把笼子塞进后备厢，开车离开。

候鸟驿站

一连数日，只要想到那只灰鹤，我就吃不香、睡不好。梅百灵询问："你怎么回事？"我告诉她："因为有人拿走了我的灰鹤。"梅百灵笑我："游山山，你别发神经了，咱们米峒镇根本没有灰鹤。"听她这话，我火气高涨，对她说："你要不信，我亲自带你看看。"梅百灵撇着嘴说："鬼才相信你呢。"

放学后，我没立马去肉铺，而是去找鸟医生。门关着，我敲了几下，无人开门。

于是，我决定自个去林业局看看。

林业局在西街一栋老房子的二楼，前面紧挨马路，后边便是弹弓河的一条分支。我缓缓走上楼，扶手上是斑驳的锈迹，地上是灰褐色的水泥，红砖尤为显眼。门口进去的办公室狭窄，桌上堆了些零散的资料，我在门口转悠，第一桌的女工作人员问我："孩子，你有什么事？"我怯怯地回答，我想看看灰鹤。她拒绝："什么灰鹤？我们这里没有灰鹤。你搞错了吧？"我肯定地说："前几天，有位叔叔才从我那拿走一只灰鹤。"这时，她才尴尬地说："你就是刘懿兰的儿子吧？"我说是。她说："灰鹤还在治疗，等把它治好了再看。"我说："我就想看看它，就看一眼，不会捣乱。"此刻，上次的那位工作人员一个箭步走来，朝我吼："小屁孩，不是你的东西你看什么，赶快走开！"我轻声答："灰鹤是我的。"他说："灰鹤是国家的，你别在这里捣乱。"这时，嘎嘎——阳台传来长鸣，我知道，灰鹤就在那里。他们把我赶了出来，这是我早料想到的。这回，我低垂着头，丧着气，像个行走的僵尸，走回肉铺。

　　肉铺的旁边，有两间房，母亲和我各一间，一个窄窄的客厅，胡乱地摆着实木的长椅子和旧沙发。母亲看着大头电视机，播着相亲节目。方桌上摆了两道菜一个汤——一道青椒肉丝，一道炒牛杂，一个豆腐白菜汤。母亲见我脸色如灰土，问道："跑哪去了，回来这么晚？"接着，又补充说："还好今天肉铺的活少，否则得累死你妈。"我没有理她，放下书包，一头栽倒在床上。"你不吃饭吗？"母亲过来唠叨。我说："妈，我不想吃。"她追问："你怎么回事，不吃饭怎么行呢？"她催促："你快起来，有事跟妈说。"无奈，我只有爬起来，坐在桌边，一边扒饭，一边丧气地说："妈，今天我去了林业局，人家不让我看灰鹤。"母亲倒是淡定，说道："你傻呀，就冲人家那天的态度，人家咋可能让你看。"我连连叹气，饭菜吃到嘴里，没有什么滋味，如同嚼着树根。母亲安慰："你别想灰鹤了，毕竟有林业局的人们照顾着它，你瞎操哪门子心。"母亲这么一说，我心里好受了些，灰鹤是国家二级保护动物，哪是我想看就能看的。或许，我想看灰鹤的理由，只是在跟梅百灵赌气呀，真不想再跟她犟嘴了。

又是一个赶集天，我在街上和同学闲逛。在卖光碟的货摊上偶然看到一台军绿望远镜。霎时间，我想到一个好办法——用望远镜看灰鹤。我当即决定买下望远镜，然后返回学校，跟梅百灵讲这件事。开始，梅百灵将信将疑，她甚至说："要是这回你敢骗我，我就再也不相信你了。"我心中窃喜，梅百灵，你就等着打脸吧。

下午的体育课，我们班和四班是一个体育老师，先做了准备活动，再跑了五圈，就让大家自由活动。我见机会来了，带上望远镜，就对梅百灵说，走，咱们去看灰鹤。我们翻过围墙，穿过西街，走过老桥，爬上弹弓河对面的山，山林茂密，黄叶漫山遍野，地上铺了厚厚的落叶，踩上去，咯咯响个不停。许多树丫挂了野果，红彤彤的，摘下一把，一颗颗抛入口中，咀嚼几下，酸爽可口。梅百灵吃了几颗，头酸得晃悠悠的，她嫌酸，野果全都塞回我手里。

她问："游山山，你确定在这里看灰鹤？"

我回答："对，就是这里。"

我和梅百灵站在一块石头上，我拿起望远镜，目光穿过树林，正好可以看见林业局的阳台。我心想，你们没想到吧，我在对面看灰鹤呢。通过望远镜，我终于看到了灰鹤，它被锁在阳台的笼子里，用嘴使劲啄笼子。我将望远镜递给梅百灵，她急忙把眼镜拿起来，凑近眼睛，细细地看起来。她说："原来真有灰鹤，灰鹤的羽毛真漂亮，双腿瘦长。要是它在天上飞，估计更漂亮。"我说："可不是嘛，它飞在天空还会摆造型呢！"梅百灵问："什么造型？"我答："一字形、人字形、众字形等等。"梅百灵说："这只灰鹤不能飞，它得多伤心啊。"我沉默着，不知说什么，弹指间，我的眼眶湿润了。

没过几日，乌医生来到店里找母亲，她在门口用嘹亮的嗓门喊："刘懿兰，你在忙什么？"我说："我妈在理账。"乌医生笑说，挣了不少吧。我妈听后，说道："没挣什么大钱，都是劳苦费呀！"乌医生坐下来，对她说："懿兰，我跟你说，那只灰鹤飞不了了。"母亲不信："你确定？"乌医生回答："这些天都是我在给它检查，我最清楚啦。再加上长时间关在笼子里，估计它都不会飞了。"听到乌医生的这些话，大滴大滴的苦雨落在我的心头、肝脾、肠胃，令人相当难耐。

乌医生讲："不过，你们先别发愁，办法总比困难多。"

"你倒是别兜弯子，快说。"

"政府有政府的规定，他们之所以收走灰鹤，是因为你们没有证。"

母亲疑惑："什么证？"

"《野生动物许可证》和《动物防疫合格证》。"

"证是去林业局办吧？"

"你去具体问问。"

母亲果真去林业局询问，女工作人员问她："你养殖什么？"

母亲回答："灰鹤。"

女工作人员不解地问："灰鹤？"

母亲答："对，就是灰鹤。"

女工作人员疑惑地问："你能养国家二级动物？"

母亲回答："不行吗？"

女工作人员笑道："行不行，我们得看你有没有固定的场所、专业技术人员，还有看你野生动物的种源是否合法等等。"

母亲听得发愣，因为她知道，自己就连一个合适的场地都没有，更别说后面的这些条件。她了解清楚后，回来告诉乌医生。搞养殖野生动物的这条路，显然走不通。

母亲经过农贸市场，菜农、肉贩子吆喝声不断，母亲走到深处的肉铺子前，见到了数不清的野味。一会儿，地上鸟笼里的活物引起母亲的注意，她问："灰鹤？"肉贩子笑答："你好眼力。"母亲说："这也是从风县下的货？"

肉贩子小声说："不是，这是在我们弹弓河抓的。"

"谁敢抓灰鹤？"

"大有人在呢，你自己不知道罢了。"

母亲决定拿走灰鹤。肉贩子死活不肯，他朝母亲大骂："你断我财路，要么拿钱，否则别想拿走。"母亲坚决地说："你知道灰鹤是国家二级保护动物不？不想去坐牢就老实交给我。"母亲说："这事儿，今天我刘懿兰管定了。"肉贩子继续骂。不知道母亲哪来的勇气，回击说："你还是等着去牢头吧。"

母亲带着这只可怜、脏兮兮的灰鹤回到店里。我问她："哪里来的灰鹤？"她跟我讲，从肉贩那里拿的。我问："买的？"她答："不是，收的。"我一心想拿回林业局的那只灰鹤，没想到母亲却收了另外的灰鹤。我问母亲："接下来，准备怎么办？"母亲无奈地说："养着呗。"我反驳："林业局的人可不准你这么干。"母亲说："我知道，灰鹤只是暂时放在这里，我会及时联系林业局的工作人员，他们会带灰鹤回去处理。"晚上，母亲说："山山，你觉不觉得咱们家像个驿站，给这只灰鹤短暂休息，然后让它继续自己的路。"我回答："妈，要不咱们这里就叫候鸟驿站？"母亲望着我，摸摸我的头，咧开嘴笑起来说："这个名字真好，以后，咱这里就叫候鸟驿站。"

铁娘子

翌日，我早早起来上学。听到母亲一阵乱骂，我喊："妈，怎么回事？"母亲说："没事，你赶紧去上学。"我迅速爬起来，穿好校服，我看见店门口的架子全翻了，门上被人泼了屎尿，臭烘烘的。母亲嘴里还在骂。我问："妈，这是谁干的啊？"母亲气冲冲地："还能有谁？肯定是昨天在农贸市场的那家伙，看我拿了灰鹤，就来报复。"我说："妈，咱们赶快报警，喊项叔叔来处理。"母亲倒是不急："不用，我直接去找他对峙。"我劝道："妈，你不能去。"我心里害怕的是，别人和母亲起冲突，搞不好要弄个头破血流。母亲叮嘱："你读你的书，别管这事。"说完，母亲就出门了。我拦住她，不让她走："妈，你别去。"母亲说："别人都欺负到咱们头上了，我必须找他说清楚。"我很着急："你要去，我也去。"母亲怒说："上学去，小孩子瞎搞什么。"我嘟囔着："我……我跟你一起。"母亲一把推开我，径直朝农贸市场冲去。

我着急地给项叔叔打电话，让他赶快去阻止母亲。项叔叔听后，答应我立即起床赶过去，我像暂时吃了定心丸，买了早餐，上气不接下气地跑去学校。

梅百灵问我，最近，你怎么心不在焉的？我不想跟她说家里出了点事，随口应答："没事，就是晚上没睡好。"我问她最近怎么样？她犯了难，惆怅地说："哎，不好，爸妈在闹离婚。"我安慰道："那你得劝劝他们，你是他们的桥梁，应该管用。"我接着问："对了，你弟弟呢，他咋想的？"梅百灵说："他才读三年级，不懂这些事儿。"我说："不管怎么样，我都会支持你的，你也多劝劝你爸妈。"梅百灵听后情绪舒缓了一些："行，谢谢你安慰我，我感觉舒畅许多了。"

梅百灵说："对了，我还想看灰鹤。"我答："这个简单。"梅百灵计划着："这样吧，等到体育课，你再带我翻墙去看吧。"我笑称："不用这么麻烦，我家就有一只灰鹤。"梅百灵鄙夷地说："你少吹点牛会死吗？"我回答："你要不信，咱们放学了就去我家亲眼看看。"梅百灵半信半疑："看就看，到时候你家要是没有灰鹤，你就是吹牛大王。"我拍了拍胸脯："放心，这回让你看个够。"我问她，"要是真有呢？你可得答应我点什么。"梅百灵讲："你想怎么样？"我兴奋地说："帮我写一周的作业。"梅百灵一想："成，但是，要是你家没有灰鹤呢？""我给你带一个星期的早餐。"我不假思索地道出了对策。梅百灵开心得像只鸟儿，都哼起了歌儿。

　　等我和梅百灵到我家时，我看见项叔叔在家门口抽烟。我问他："项叔叔，我妈没事吧？"项叔叔看向我："没事的。"我追问："那家伙没伤我妈吧？"项叔叔笑道："他哪敢呢，但是……""但是什么？"我问。项叔叔说："你妈把别人打了一顿，需要赔人家医药费。"我不可思议，进屋找母亲，我问："妈，你真把人打了？"母亲气鼓鼓地说："那家伙该打。"我说："妈，你太冲动了。发起脾气来都没轻重……"母亲瞪了一眼，我慌忙退缩，闭上了嘴巴。屋子里的气氛异常尴尬，于是，我对母亲说："妈，我带女同学来看灰鹤，长长见识。"下一秒，母亲仿佛会变脸，她看见梅百灵，别提有多热情，一会儿问候她，一会儿给她剥橘子。哎哟喂，亲儿子都没有享受过这种高级待遇。梅百灵规矩地坐着，只是有点羞涩，毕竟母亲实在太过热情。梅百灵坐了一会儿，就朝我使眼色。于是，我对母亲说："妈，我带同学去看看灰鹤。"

梅百灵见到了笼子里的灰鹤，对于她的到来，它攒劲地啄鸟笼。梅百灵吃惊地说："真有灰鹤啊！"

"我骗你干吗。"

"这只灰鹤是不是林业局那只？"

"不是。"

"它哪来的？"

我轻声对她讲："我妈抢来的。"

梅百灵激动起来，说道："兰姨真强悍，佩服。"

我说："别佩服她，咱们这么夸她，她要听到了会飘上天的。"梅百灵哈哈笑，母亲和项叔叔恰好走进来。林业局的人紧随其后，我不舍得灰鹤，和他们起了冲突。母亲骂我，说我不懂事，白读了几年书。

这次，我和母亲的关系也僵硬起来，如同弹弓河里大块大块的石头。晚上，我偷偷跑回家，关了门睡觉。母亲敲门，高声问："你怎么回家住了，学校把你赶出来了？"我懒得理会她，任她在门外叫喊，声音越来越凶，仿佛要吃了我似的。我忍不住了，对她回："我想回就回，你管那么多干吗。"她听到这话，更恼火了，吼道："游山山，你给我滚出来。"我说："不出。"这时，砰、砰——刘懿兰两脚，门破了个大洞。我缩在被窝里，大气不敢出，她钻进来了，被子一掀，甩向墙角，我吓出一身冷汗，不敢啰唆了。她把我左耳朵一扭，转了几个频道。我生疼，就开口怼她，泪水止不住地流。

她生气道："让你不老实，翻墙逃跑。"我很委屈："我没有，我跟班主任请了假的。"

"那你为什么请假？"

"我头痛，我心里不舒服，头也不舒服。"

"别给自己找借口！"

早知道她这样想，我就不告诉她我头痛这事儿。我穿好衣服，准备回学校，她问："你干吗去？"我说："我想去医院看看。"母亲意识到误解我了："我带你去。"不过我还是拒绝母亲，毕竟我自己去就够了。

在医院瞧了病，看见了之前的老头。因为害怕遭到报复，我隐瞒了自己知道的信息，现在，机会来了，我拨通了项叔叔的电话。随后，警车的声音从远处传来，我的疼痛渐渐温柔起来，直至在身体的河流里消逝。

候鸟特攻队

晚上，天雾蒙蒙的，迷雾将整个小镇笼罩在一片幻境中。一个全身湿淋淋的男人走进肉铺来，他偷偷问道："老板，你这里收不收熊掌？"熊掌，母亲像被这两个字眼下了定身咒，僵尸一般杵在肉铺边上。随即，母亲回答："收，收熊掌。"这时，只见男人放下一个灰麻袋，解开绳子，一股血腥味扑面而来，他把手伸进去，摸出一只黑乎乎的熊掌。他对母亲说："老板，你看这货。"我看到母亲强装镇定，并且给我使了一个奇怪的眼神——去叫人。我读出了母亲的意图，她让我去叫项叔叔，她拖住卖熊掌的男人。趁男人和母亲看货和商讨价格的间隙，我迅速给项叔叔打了电话。值班的正好是项叔叔，我慌忙对他说："项……项叔叔，熊……熊掌……"项叔叔大惊："熊掌？！"我拼命地点头。他立即叫上同事，配上手枪和警棍，开车往我家肉铺赶。

男人急了，拿匕首抵在母亲的脖子上，命令项叔叔赶快开车。项叔叔给车打火，但男人嫌弃项叔叔太慢。于是，他用从地上捡起的手枪指着项叔叔头吼道："走！快点！"项叔叔不慌不忙，拉了手刹，油门猛踩到底，警车朝弹弓河一路奔去。

砰……啊……母亲的尖叫声传来。

我跟在警察后边，慌忙地向他们跑去，心里默默祈祷，妈，你可千万别有事啊！

大家跑到车子边，警车已经翻仰在地，车门凹陷多处，玻璃碎了一地。项叔叔背后中了一枪，身上多处擦伤；母亲胸部遭划伤，额头有裂口；男人摔出了车外，头骨破裂，多处粉碎性骨折。

事后，母亲和项叔叔住在县医院，我向学校请了假，去医院照顾他们。我问母亲："妈，好点没？"母亲强笑着说没事，让我去看看项叔叔。

项叔叔被送进抢救室抢救，医生说，他已经脱离了生命危险。我和母亲心里悬着的石头暂时落了地。

母亲语重心长地说："山山，以前我都告诉你，你爸爸在黑熊的肚子里，你真的信过吗？"我回答是。母亲说："傻孩子，我实话告诉你，你爸爸不是被黑熊杀死的。"我惊恐地问是谁杀的？母亲说："鲍西东。"我不解地问："谁是鲍西东？"母亲："卖黑熊掌男人的老板。"

此刻，我与母亲和解了，我不该总是惹她生气。母亲说："儿啊，你爸的死不明不白，我怎么放得下。"我问她："妈，你想继续找他们报仇吗？"母亲说她找了鲍西东几十年，不单是想给我爸讨个公道，也希望能够保护那些野生动物。在母亲的描述中，父亲的形象逐渐清晰："你爸是个老猎手，哪怕是迷了路，就算遇上熊，也绝对不会被熊吃了。"我说："妈，你怀疑爸是遭人谋杀的。"母亲回答："对，一定是遭谋杀的。"我不解别人为什么要杀了我爸？母亲分析是因为父亲得罪了鲍西东。我说："妈，这个恐怕要找鲍西东当面对峙吧，可是我不想你去冒风险。"母亲回答："必须找他当面对峙。你还小，大人的事你少操心。"我说不过母亲，只得听从安排。

回到家，正好碰见老耿。他对我说："你妈好些了吧，事情我都听别人说了。"我说："嗯，好多了，你今天正好过来，可以帮忙做些事吗？"老耿问："你妈同意了？"我说："是的，月底会按时付给你钱。"老耿听后，激动地谢谢我和我妈。事实上，母亲并没有同意，是我自己硬着头皮留下老耿。

　　干了一段时间，母亲也如期付了工钱。也许老耿不想将往事压在心底了，便找我谈心："山山，现在，我不得不告诉你一些事。"我好奇地问："什么？"他回答："你父亲的事。"我眼睛一亮："你认识我父亲。"他回答不光认识，曾经也一起打过麂子。我瞪大眼睛，拍拍脸，说道："这么说，你们是老相识。"老耿缓缓回忆起了当年那场人为造成的悲剧：当年，鲍西东组织了一支七八人的盗猎队伍，我们向红河谷进发，我和你爸都参与其中。我们当时的目标是麂子和黑熊，我们在深山跟两头黑熊周旋了几日，都没能得手，你爸心事越来越重，说想退出。他觉得我们得心存敬畏。你爸是我们当中最厉害的猎人，他一说完，其他人害怕起来，都想离开。鲍西东劝了几回，又把酬劳提高，你爸还是不愿意。后来你爸就出事了。我们本来一起离开的，也不知道什么原因，离开前，他一个人去了一趟飞马山。后来，鲍西东说你爸在飞马山被熊吃了，连骨头都不剩。

　　没等老耿说完，我已经气急败坏地吼道："这你们也信？"

　　老耿惴惴不安："我们也不信，当我们跑到飞马山，看到你父亲和黑熊搏斗的痕迹，地上一摊摊血，还有黑熊的皮毛和你父亲的枪。"

　　"我不信，这肯定是阴谋！"我紧咬牙，恨恨地说："鲍西东，我一定要找到你杀害我父亲的证据。"

　　"这太难了，他一直被警察通缉。听人说，他跑进了飞马山，警察追捕了几个月了，一点踪迹也没有。"

我问："他会不会死了？""这家伙狡猾，想他死，不容易啊。"我又继续道："我妈跟我讲过一些计划，你要不要听听？""山山，咱们坐下来好好谈谈吧！"老耿认真地看着我。

敲山震虎

将招牌"懿兰肉铺"换成"候鸟驿站"，这是我和老耿做的第一件事。母亲特意强调，做的每一件事，都要找人来看热闹，而且是越热闹越好。换招牌的时候，老耿让我去买了一筒鞭炮，只要招牌换好，让我铆足了劲放炮。米峒镇的小孩子跑来，捡了散炮，一颗一颗地放。有人问："山山，你家肉铺变送快递的啦？""不送快递，这里是在林业局的同意下，保护野生动物的临时站点，后边还会做宣传，让更多的志愿者加入进来，大家一起保护我们的野生动物。"他问："这个怎么挣钱？"我回答干这个不是为了挣钱。他追问那是为了什么。人堆里也有人陆续发问："对呀，你这不挣钱，搞来干吗？"

"我看啊，他们家是有病。"

"不不，说不定人家在暗地里挣大钱哩。"

"我看你们少管闲事，人家说了，是为了保护野生动物。"

"哎——你别说，看刘懿兰这个架势，她铁定要干一场。"

"行行，散了散了吧，等着看好戏吧。"

这些闲言碎语，非但不刺耳，反而让人振奋。

不久，林业局的领导找到了我们，说是要举行米峒镇首次灰鹤重返天空活动，我们是志愿者代表，配合开展这个活动。

这件事，很快在校园里发酵，而且变得扑朔迷离起来。在同学们的印象里，我就是个小混混，成天不学习，爱惹事。但是，我自己不那么认为，我和小混混是有区别的。我做出这样的事，有的同学说，我是为了博人眼球，搞一些歪门邪道，是为了引起学校和老师的重视。我不想理他们，只想着活动早日到来，活动当天，人多得踩脚、碰肩膀，街上的人就像一股股潮水涌向各个角落。

有人拿出手机，拍照片，拍视频，甚至还有几个在开直播。这是林业局领导想要的效果，也是我们想要的效果。

我和老耿把灰鹤抬到河滩上，可能是人多，它似乎吓到了，躲在笼子里一动不动，就连啄笼子也没了力气。我对老耿说这灰鹤怎么回事？老耿回答会不会是吓得。咱们便先把它盖起来，让它休息一下。我说："老耿，要是它今儿飞不了，怎么办？"老耿说："今儿飞不了，明天再飞呗。"我反驳道："不行啊，你看看周围，明天可没有这样的阵势。"林业局的几位领导十分着急，让我和老耿也出点子。老耿说："好嘛，咱们想想办法。"此刻，乌医生走了下来，问道："山山，灰鹤有事没事？"我不太清楚，让乌医生快看看它。乌医生看了看灰鹤，我俩在一边不作声，她检查了一番，对我们说："它挺好的，放走吧。"

老耿紧扶着笼子，林业局的人解开笼门，伊始，灰鹤缩在笼子里，不敢乱动。过了好一会，我们渐渐退后，它发现并确认没有危险，这才慢慢站起来，大步大步朝门口奔去。它仿佛找到了新的世界，站在石滩上嘎嘎叫起来，挥了挥翅膀，自由地走来走去。

人群中传来一声："看，它准备飞了。"众人都眼勾勾地盯着它，观察它的每一次走动、每一次挥舞翅膀。

这时，我听见有人在喊我的名字，我仔细一听，顺着声音的方向——学校围墙，一个个穿着绿白校服的同学站在围墙上，使劲地朝我挥手。我视力极好，远远地看见了人群中的梅百灵，她是那么美丽，那么令人着迷。

嘎嘎——嘎嘎——芦苇荡里传来鸟儿的鸣叫，瑟瑟的风吹打着高高的芦苇。突然，几只鸟儿从芦苇荡窜出来，拍着翅膀，飞向天空。

这只灰鹤听见了同类的叫声，急促地叫起来，它使劲拍拍翅膀，嘎嘎——跟着飞上了天。众人纷纷拍手叫好，尔后，人群中传来一个激动的声音："快看，一字形！不对，是人字形。"而当我再次抬头看向天空时，它们排列为众字形。老耿看着我，我看着他，我们相视一笑，我的鼻子莫名地酸痛起来。

　　第二天，我没见到老耿。我给他打电话，没人接。直至下午，老耿给我回了电话，我责怪他去哪了，我到处找他。电话那头，没听见老耿说半句话。我大声说："老耿，你在哪？"他落寞地回答："我在家，我老婆走了。"我在电话这头，十分难过，安慰他说："你需要我这边做什么不？"老耿说："你安心读书，我这里我能处理好。"他老婆葬礼落客的那天，恰好周末，我买了一筒炮、一包纸钱，从米峒搭车去滚马滩奔丧。到了老耿家，我才见到原来还有这么破旧的房子。我递给他一些钱，他没要，反而对我说来了就多吃点，我正长身体。老耿操办完老婆的葬礼后，回来已是半月之后。母亲康复出院了，回到家，她问我，事情做完没有？老耿忙说："山山很不错，已经把招牌换好，灰鹤也放走了。"母亲对我说："山山，好样的，这才像我刘懿兰的儿子。"我问："妈，下一步你打算怎么办？"母亲说找到他。她问过项良，知道这家伙狡猾，不好找。我说："妈，连警察都找不到他，我们岂不是白费力气啊？"母亲说没事，她自有办法。

　　白天，母亲独自去农贸市场，只要见到谁敢买卖野生动物，这人铁定遭殃。在警察和林业局的帮助下，母亲会把野生动物收走，放到候鸟驿站，受伤的野生动物，母亲会请鸟医生来进行救治，要是死的野生动物，派出所的警察将会没收全部的野味，最后逮人去派出所审问。令人想不到的事，都让母亲干了。她和林业局的工作人员商量，她说："我们米峒镇老百姓的野生动物保护意识淡薄，我想做做宣传，你看政府这边能不能整点宣传手册给我。"林业局的领导一听，分析道："刘懿兰现在已经成为米峒的'名人'，让她做宣传，效果肯定不错。"

领导问她，你打算要多少？母亲回越多越好，因为她不只在米峒镇宣传，还要在整个雨县以及更远的地方宣传。林业局的领导深受感动，说道："刘懿兰同志，你是个好同志，党和人民会感谢你的。"

后来，我守着候鸟驿站，母亲和老耿开着三轮车，到处做野生动物保护的义务宣传。我还是住不惯学校，就退了住宿费。我早上和下午卖肉，晚上看书刷题。但凡遇到不明白的题目，我就去找梅百灵，这样做，一是能多见见她，二是我想努力考上县里的重点高中。有几个晚上，我梦到母亲被盗猎者绑着打骂，殷红的鲜血洒了一地。噩梦让我痛苦、担心，所以，我每天早上和晚上都会给母亲打电话。每一次，她都会跟我分享她和老耿以及其他同行志愿者的经历和战果：有的是他们带警察查封违规屠宰场，有的是他们追赶盗猎者，有的是他们和野生动物的亲昵瞬间，还有他们成功解救各种野生动物的视频……

纷纷扬扬的雪花落在高低不齐的屋顶上，宽阔的稻田里，欹斜的芦苇荡中，米峒镇的冬天宣告来临。弹弓河常年不冻，就像画家在山水画卷上重重地画上一笔。

某天早晨，大雪封门。我照常给我妈打电话，可是，打了十几个也没人接，我打给老耿，也是无人接听。我心里惴惴不安，一种不祥的预感如海浪一般翻卷而来。

不久，手机叮咚响了一下，我慌忙点开，母亲给我发了六个字：鲍西东，抓到了！

萨送，本名杨秀汉，陕西师范大学学科教学专业研究生，陕西省青年文学协会会员。

本文为第七届『青春文学奖』中短篇小说奖获奖作品。

狸花猫

水笑莹

白瓷的碗内盛着灯油，碗口朝内豁开了小小的一片，像是主人家吃饭时用门牙磕掉了一样，但从外侧看，尚且是个平滑而完整的碗。棉的灯芯刚好靠在豁口处，烧黑了的那一截撑起小小的火光，来客上香的时候，袖口带起的风让它颤颤巍巍，但总算不曾灭过。

长明灯，人死后是要燃到除灵那一日的。

葬礼是属于死者的，但好像又与他无关。一大两小的黑幔布从天花板上垂下来，白的四方形布上写着诸如"克颂""千古"一类的悼词，尖角处用别针别在黑幔布上，亡者的躯体就在黑幔布后面，为他燃起的灯火、香火和纸钱不曾断过，但他无法再感知这一切。

没客的时候，清音拿香挑了挑耷在碗沿的灯芯，灯芯立起来的瞬间，火光也往上跳了一小截。她的妈妈正在跟一旁的表婶哭诉，哭完了，表婶进了厨房，出来后手里多了一个装着青菜头的篮子，她蹲在门口的小板凳上，拿菜刀削青菜头的皮，碰到疙瘩的地方，需用刀尖旋着使劲剜下去，手腕上的银镯子打在刀柄上，发出一声清脆的响声。

灵前的案桌上摆着一碗鱼、一碗肉、一碗米饭，都是表婶做的，上面皆插着一根笔直的红筷子，父亲的遗像前还摆着一杯白酒，用的是他常使的鸡公酒杯。表婶六十岁不到，人生经历却已让她熟知葬礼上的一切流程和仪式，灵前摆几碟菜，怎么摆，甚至鱼头的朝向，都有章法，不能乱了。她安慰母亲，人走了，老天收走去享福了，我们活着，是在受罪。又说起某年某家的亲戚，走之前苦熬了一个月，水米不进，活着就是受刑。表婶问母亲，中午菜烧几个人的？母亲说，看着办吧，十个人大概是有的。表婶说，我多做几个菜吧，晚上你们还能吃。母亲点了点头，蹲下来想帮表婶择菜，表婶手一挥，说，你坐着，一会还有客人来，要应付。

母亲只管悲伤，她有合理的理由，清音想，自己也有合理的理由悲伤，毕竟死去的是她的父亲，母亲的丈夫。虽然近五年来，他一直处于精神失常的状态。发病时他会挥舞着菜刀，朝空气砍去，他笃定那团空气中有一个旁人看不见的怪物，想要害他。父亲原本一直在白城城西小学当代课老师，快三十年了，依旧没转正，究其原因，跟他的两条腿不无关系。他浓眉大眼，肩膀宽阔，上半身与常人无异，然而因为小儿麻痹症，他的两条腿像放坨了的面条一样，无力且扭曲，出入要靠轮椅。他的轮椅是定制的，有一个把手，摇一摇，轮椅就能往前进，到了阶梯处，他就拄着拐杖，扶着栏杆上去。他的拐杖是木质的，下端包了一层铁皮，小学里的台阶和走廊上，至今都仿佛还残留着铁皮拐杖捣地时留下的回响。靠着轮椅和拐杖，父亲出入不大需要人帮助，每到上课前，课代表会带着几个同学来办公室，一个抱着练习册，一个捧着茶杯，另一个拿着教鞭和尺子，像古代出征的将军，颇有阵仗。

精神失常后，父亲连代课老师的身份也丢失了，精神彻底失常后，母亲原本在市场上帮人卖衣服袜子，也只能辞了工，回来专门看着他。她把家里的菜刀和剪子锁进了箱子里，然而，父亲总能找到防御怪物的武器，有时是垃圾桶里的一次性筷子，有时是卸下来的板凳腿，最后，他把轮椅上的把手也拆了下来，短暂的神志清醒后，他意识到自己的行为带来了怎样的后果——他将不能再依靠轮椅出行。他祈求母亲去修车摊，把轮椅的把手焊回去，母亲没有同意，她宁愿自己的丈夫只在家中发疯，好过到外面去伤害别人。她在电话里对清音哭诉，告诉她家里银行卡的密码，末了加一句，万一你爸发疯把我砍死，家里这些钱你拿走。父亲在一旁叫喊，你妈存心害我，把我的轮椅砸坏了，不让我出门。他们好像世上任何一对寻常夫妻一样，争吵拌嘴，但是情况又完全不同，清音明白，患有精神分裂症的父亲随时会将这个家推入深渊。

"猫！"表姊喊道。清音扭过头，看到一只狸花猫跳上了案桌，伏着身子，伸长了脖子，想要衔住鱼头，母亲拿手里头擦泪的白毛巾一挥，将猫赶下了案桌。那猫跳下桌子，回头看了清音一眼，碎步跑到幔布后面去了。

"糟了，猫进去了。"表婶放下手头的青菜芯，掀开帷幕的一角，白色的绢花用别针别在黑的幔布上，像河里放的河灯，因为表婶的动作，幔布整个晃动了起来，那白色的绢花也动了一下，带动的空气，让长明灯闪了一下，死者的世界因为这只突然闯进来的猫，在静止中泛起了一丝涟漪。

表婶不敢走进去，清音把头探进后面，两条长板凳架起一口水晶棺，棺材四周围了一圈红色的绢花，衬着几片绿叶。说是水晶棺，其实主体是一个金属盒子，通了电后能将温度控制在适宜的范围，只有盖罩是透明的。父亲躺在里面，盖着一条红色的毛毯，只露出脑袋，好像挂在墙上的蝴蝶标本，生命的形态虽然尚在，但实质上只是一个供人纪念的形体了。狸花猫伏在板凳腿下，毫不顾忌死者的存在和生者的焦虑，眯着眼睛，像是在打盹。

"又是这只猫。"母亲说。

"谁家的？"清音问。

"朱校长家的。"母亲说："这猫平时老喜欢在附近晃荡，总来我们家，你爸之前养了只八哥，没注意，被它捉来吃了，也不知道它哪里来的神通，笼子关得好好的，竟能把爪子伸进去吃了鸟。那时候你爸白天里还好好的……他气得要拿竿子打它，我说，打狗得看主人，事情就这么算了。"

清音看那猫伏在凳子下，丝毫没有要走的意思。

有人来上香，清音戴起孝帽，给来客鞠躬还礼，母亲要来的人留下来吃中午饭，对方称屋里头还有事要赶回去，母亲又让他明天中午来黄山饭店吃红烧肉。在白城，人老了要办酒席，酒席通常会以一道红烧肉结束，肉块切成一个成年人手掌那么大，放大料炖烂，插上一根红筷子，用面盆端上桌，肉块大而腻，不是什么好吃的东西。每人分一块带回家，切成细块，佐以干笋或梅干菜烩一烩，方才算作一道菜。虽然现在很少能在酒席上见到这种肉了，但人们还是习惯将白事称作"吃红烧肉"，关于死亡的种种可怕，被具象化成一盆油汪汪的肉，变成了日常生活的一部分，对死亡的恐惧也因此被稀释了。

屋外，本家帮忙治丧的男人们在打牌消磨时光，等待午饭。晌午了，大约没有人会在这个时间来拜祭了，清音收了案桌前的蒲团。父亲去世得突然，这几年虽然他精神时好时坏，但是身体各个器官运作还算正常。接到母亲电话的时候，她正在给学生们分析近三年上海中考高频考点，母亲打来电话，她按了拒听，母亲很快再次打来电话，她依旧挂断了，她想，最坏不过是父亲闯了什么祸。等到课结束，她才在微信语音里得知了这一消息。她以为父亲的死会彻底压垮母亲，然而母亲甚为清醒，或许这些年她早已被压垮了，只不过还剩一个人的形，来履行妻子的义务吧。那天晚上她们通了电话，清音收拾行李，开的免提，母亲显然已经哭过了，说话带着鼻音，询问她的动车时间，末了提醒她，亲戚们问起来，就说程山实验室有事走不开。

　　清音含含糊糊应付了，程山上个月已经搬走了，搬得丝毫不拖泥带水，他们之前花费好几个礼拜一起选的家具、电器，他什么都没要。清音还记得，那时他们刚结婚，每到周末，就去北蔡的宜家挑选家具，一待就是大半天，为了节省运费，顺风车都舍不得打，地毯和锅碗瓢盆之类的小件，他们都是提着编织袋坐地铁运回去的。到了离婚的时候，这些反倒是关着他的鸟笼，协议一签，他只管往蓝天飞，不管身后的鸟笼是镶金的还是木头的。他刚搬走的第一晚，清音躺在床上没有开灯，月光照进来，她才发现过去程山说得对，她选的窗帘的确不能很好地隔离光线，她觉得群青色好看，但是窗帘是纱质的，面料稀疏，月光都可以透进来，程山习惯在黑暗中入睡，清音则需要光线来给予安全感，每一晚程山都是戴眼罩睡觉的。

　　"开饭了！"表婶说着，从厨房里端出一个大托盘，上面放着三四碟菜，清音起身去厨房，案板上整齐地放着几碟子菜，红烧凉拌，是白城人家的烧法，碟子都盛得满满的，上面撒了葱花和香菜，冒着热气。她一手端一只碟子出去，外面，本家的男人们正在收着桌子上的扑克牌和花生壳，桌子下面有几条附近人家养的狗，早早闻到了味道，在桌子底下等着吃食，尾巴一扫一扫的，弄得人家的脚脖子痒酥酥的，那人就拿脚踢了踢狗，狗的两条前爪往前挪了挪，没有要走的意思。

　　菜依次上桌，坐得近的男人起身，手指头夹着香烟，接过表婶手里的菜盘子，其他人戏谑他，不要把烟灰弄进菜里。一桌筵席像春天的婆婆纳一样开在桌子上，那夹着香烟的、贴着膏药的、戴着手表的手把筷子伸出去，留下嘈杂的声音，间或有一阵哄笑，就像是平常人家请客一样。

那只狸花猫也蹲在不远处，想要过来吃桌子下的骨头，几条狗龇着牙，将地盘守护得牢牢的。清音趁大家不注意，从盘子里夹出一小块带骨头的鸡肉捏在手里，往猫面前一扔，猫叼着鸡块，飞快地逃走了。

清音家就住在学校里，教学楼的后头，房子是二十世纪八十年代建的平房，原本是教职工宿舍，小学教师不多，一共凑成了二十几户家庭，组成了一个小小的社区。清音小时候在这里长大，与其他教职工子女一起学习、玩耍，并没有感到什么差别。二〇〇三年，学校与周边镇子上的几所小学合并，开办了中学部，教职工一下子多了起来，于是新建了教师新村，一起玩耍的朋友们会在放学时讨论新家的事。搬离平房，住进楼房，算是告别了逼仄的小巷生活，他们会分享住在新家的体验，例如楼上的人家每晚练习钢琴的声音，有人在一楼搭了鸽子棚，弄得楼道里都臭臭的。清音只管自己走，踢着石子，因为父亲代课教师的身份，他们依旧留在平房里。

爸妈似乎不太在意这些，清音放学回家，妈妈多半还在市场上卖衣服，爸爸放学回来，一般都是先在院子里接一盆自来水，毛巾沾水拧干，擦掉脸上和手上的粉笔灰，因为腿的原因，他一般都是坐着上课，粉笔灰容易沾到脸上。有时候，他也会领着一些因为各种原因被留下来的学生回家吃饭，饭是妈妈早上出门前做好的，热一热就能吃，那些孩子多半脑袋垂到碗沿边划着饭，吃完就放下碗，恨不得赶紧回教室。爸喝几口酒，才用筷子尖不慌不忙地夹几口菜，最后才是米饭，他每顿都会吃一碗米饭，盛饭的时候要压得紧实点，冒一个小尖尖。那几年他们的生活过得像这碗饭一样踏实，虽然只有他们家还住在平房，但是爸依旧是学校的老师，在学校里学生遇到他，都是毕恭毕敬地叫他乔老师。他们的小院子里，时不时会有男孩女孩过来，夏天提着水桶给黄瓜浇水搭架子，冬天拿铁锹铲雪除冰溜。

　　小院原本是两家合用的，教数学的陈老师一家搬走后，后院的三间房子就空了下来，清音于是也有了独立的卧室。靠东边的一间，之前属于陈老师的独子，清音住进去的时候，墙上还贴着《灌篮高手》和《海贼王》的海报。往常每到放学，院子里、小巷子中都是孩子们的身影，踢皮球、踢毽子，教师新村建好后，平房这边仿佛被按下了静音键，只有清音一家生活的声音，清音独自看电视，独自踢毽子。有时候她躺在床上，能看到窗外陈老师一家种下的栀子花树，那树长得正好，每一年都开花，乔家人摘也摘不完，好多花还来不及被别到衣襟上，就烂在枝头上了，黄黄的像沾了水的草纸。

　　上完菜，清音和母亲、表婶在厨房里凑合着吃一点，表婶给她们做了清淡点的瓠瓜鸡蛋汤，守孝时不宜大鱼大肉。厨房窗户很小，有些闷热。父亲过去的学生萧磊一身酒味进来，眯着眼睛，耳朵上夹着一支香烟。他的样貌没怎么变，依旧是圆脸、寸头、五官不突出，像是面团上捏出了眼睛和鼻子，与过去不同的是，他的脖子上有一片鱼鳞壮的大块文身，想必是从肩膀处延伸上来的。

他手里拎着一台落地风扇，放到地上说："师母，清音，你们热了吧，外面凉快，用不到风扇。"萧磊把风扇插在插座上，那风吹过来，将一团灰吹到了清音脸上。

"磊子，你快回啦，个（这）浑小子，把电扇拿走了。"外面的人在唤萧磊。

"晓得了！"萧磊对外喊道："外面穿堂风，就不信热着你们了。"

母亲把风扇往他那边推，说道："我们用不着，你们干活辛苦了。"

清音知道母亲过意不去，父亲走得突然，一时挑不到合意的墓地。好在乡下的老家还有一点地，本家的叔伯们就说落叶归根，可以葬回老家，吃完午饭，他们就要搭皮卡车去乡下砌坟。

"不累！应该的！乔老师过去很照顾我。"萧磊说得一本正经。

清音笑了笑，她知道萧磊在说假话，父亲脾气有时有点暴躁。萧磊父母不在家，跟着奶奶过，没人能管他。父亲一开始也罚他中午不许回去，没有用，后来就把他放到了朱校长的班，跟清音一个班，每天晨读课清音检查背课文，到了萧磊这里，他都乖乖伸出手心说，课代表，我背不出，心甘情愿被你打手心。一副嬉皮笑脸的样子。

清音在同学群里听说过，萧磊初二的时候奶奶脑出血去世了，爸妈不管他，于是就辍学了。这些年他做过小生意，盈亏不定，最近几年跟了个房地产老板，在工地上承包项目，算是稳定了下来。

萧磊应当注意到了清音嘴角的笑，他眼睛眯眯的，像是醉得厉害，对清音说："清音妹子，我就这么叫你了。按理说，乔老师葬在哪里，是长辈们定夺的。但是我心里面有句话，一直想讲，今天你们就当我醉酒了。"

他顿了顿，说道："小时候上课，就老听乔老师说繁昌师专的事，乔老师说过去他成绩实际上能上师专，但是回回都败在体检上，两条腿的问题是没办法解决的。我就想，砌坟，乔老师就永远定在这儿了，要是把骨灰撒到繁昌那边的江里，也算了了他的心愿。"

清音思忖了会，跟母亲说："这也是个办法。"

母亲摆摆手，一口气忽然从胸口涌出来，变成了绵绵的哭腔："我不舍得把他放到江里……我不舍得把他放到江里……"

表婶放下碗筷，搀扶着母亲，用眼神示意萧磊不要再说下去，萧磊双手呈作揖状说道："我就这么一说，师母您别见怪！"

清音也拍着她妈的背说："不葬江里，葬乡下，你想他时就去坟前说说话。"

除了这个插曲，葬礼进行得还算顺利，并没有人问清音程山的事情，又或者大家早已听到了风声，不去揭这个伤疤。

葬礼结束后，清音考虑着回上海的事。

她与母亲坐在桌前吃饭，一碟红苋菜，掐的嫩头烧的，一碟空心菜，茎有点老了，添了嫩叶子炒了一盘，还有一碟卤板鸭，午饭吃剩的，多半是些骨头和皮。母亲就着空心菜吃了半碗饭，又将半个鸭脑壳吸得嘶嘶响，一会儿工夫，骨头在她面前堆了尖尖的一小堆。

黄梅天，天气闷热，屋子又是二十世纪八十年代建的，这么多年也没怎么装修过，水泥地面十分潮湿，电动车正在充着电，发出闷闷的嗡嗡声，因为空气湿度过大，清音觉得电池好像随时会爆炸一样。她让妈把车子推到外面停车棚充电，她妈一边吸着鸭脑髓一边说，学校都空了，也没门卫了，放外面没人看着。

她看向门外，霏霏的细雨笼罩着整个世界，水杉的细枝干在风中摇摆，发出沙沙的声音。从前她没有留意过水杉的声音，自打她出生开始，这些水杉就已经被种下了，送走了学校一届又一届的学生。

去年，学校的新校区盖好了，在宽阔的郊区，他们规划了一片塑胶跑道，还有人工湖，清音在公众号上看到过航拍，曲曲折折的湖上回廊，教学楼也相应地做成了仿古建筑。老校区之后要拆掉，建一座购物广场。听母亲说，寒假前，广播站就开始播送搬迁的新闻了，学生们将抽屉里的东西都尽数带回去，整个学校就这么突然空了下来，往常，这种空更像是一种休整，但现在则是一种结束，这一空，老校区就再没活过来。

她夹了一筷子空心菜送进嘴里，一颗盐粒还没有化开，咸得发麻。

"你回去，又要租房子住。"母亲说道："以前有程山，两个人还好，现在，你要想清楚，留在上海，不一定有之前那么稳当。"

母亲终究还是把压在心底的话说了出来。

"晓得了，我自己会考虑清楚。"清音把空心菜咽下去，头顶电风扇吱呀呀转动："你跟我一起走吧，这里一拆，你不好找地方住了。"

"说是拆，也不知道要到什么时候，你先定下来，我就放心了。"

清音不说话，她也没底气，现在的住所，还是当初和程山一起租下的两室一厅，她正打算退掉，搬到小点的一室一厅，又或者，她可以考虑回来的事了。

"猫！"母亲用手一挥，不知道什么时候蹲在地上的狸花猫跳走了。

"朱校长一家搬走了吗？"清音问妈妈。

"他们家是最早搬的，干部带头，拆迁通知一下来，就叫了卡车，来回好几趟，还放了一挂鞭炮。"

清音看那猫，跑到门口，又回头看看她们，见妈没再赶它，就蹲在门口，舔着手掌上的肉垫。黄梅天地上的水汽也重，猫身上的毛湿了，有些地方结了泥块，它不走，眼巴巴地盯着桌子上的骨头。

"猫没带走吗？"清音问。

"没带走，这只猫，你爸走前，整晚整晚地在院墙边叫，晦气！"母亲说着，仿佛想起了痛苦的事，又起身，佯装要打它，那猫见状，一溜烟逃走了。

清音退了回上海的动车票，又跟公司请了三天假，她知道，三天时间不足以理清半辈子的事情，但是能多陪伴母亲一天也好。

天难得放晴了，萧磊在微信上找她，问她要不要去方特玩一玩。她想，玩一玩也好，海盗船、过山车、碰碰车这些年轻人爱玩的东西，她都没怎么玩过，记忆中妈妈只是在她十岁生日的时候带她去过方特，因为爸爸腿脚不方便，所以与外出有关的记忆，多半是跟妈妈有关。

萧磊说一会来接她，十点，他开着一辆白色的车过来了。

"上来吧。"萧磊把副驾驶座上的皮包扔到后座上。

"咱们也有好多年没见了。"萧磊先开口："我还是通过别人才知道，你跟程山去了上海。"

"对。"清音回应："我跟他离了。"她干脆坦然地说出自己的状况。

"听说了。"萧磊很老实："程博士，我们那一届最有出息的人，数学从来都没丢过分！你也别难受，自有好的等着你。"

清音划着手机。

"看什么呢？"萧磊问道。

"县城的房子。"清音说："学校要拆了，我妈也不能老住在那里。"

"赔了你们多少？"

"八万。"

"八万？"萧磊扭过头看着她，隔着太阳镜，她还是能看到他的眼睛瞪得圆圆的："你们跟朱校长谈过了吗？"

"谈了，我妈去谈的，我爸那个时候脑子不清楚，你是知道的。但是我爸本来就是代课老师，房子产权也是学校的，给到八万，已经是仁至义尽了。"

萧磊拍拍头，说："程山没回去帮你们？"

清音不说话，程山那时在干什么她也不知道，只知道他一直很忙，实验室一待就是好几个礼拜。

"你们当时找我呀！"萧磊说。

清音笑一笑："算了，我爸活着的时候最讲面子，人都走了，再去闹，他死都不安生。"

萧磊摇摇头，像是想到什么，又叹口气："乔老师一生，时运不济呀。"

清音觉得鼻子痒痒的，她扭过头看窗外的风景。县城的道路两旁新栽了银杏树，旧的梧桐树被砍掉了，只留下一个个树桩，有工人在挖树桩，用吊车绑着运到卡车上，地面上留下一个洞，车往前开，她又看到另一群工人从卡车上铲下一铁锹的石子，往洞里填。

一棵树几十年的生长痕迹，几十分钟就能被填满。

"你养猫吗？"清音问。

"猫？"萧磊问。

"对，猫！"

"我单身汉一个，拿什么养猫？别把猫饿死。"

"很简单的，只要给它造一个猫城堡就行。"清音回答："就是一个三层的笼子，一层是猫砂盆，二层是抓板和食物，三层是一个猫垫子。"

"什么样的猫？"萧磊打断了清音的话。

清音把车窗关上，外面的杂音进不来："狸花猫，一只被抛弃的狸花猫！"

水笑莹，1992 年出生于安徽芜湖，业余写作者，作品散见于《萌芽》《青春》等杂志，现就读于华东师范大学媒体与创意写作专业。

本文为第七届『青春文学奖』中短篇小说奖获奖作品。